Odyssee d´Europe

Eine neudeutsche Frauenbiografie und andere Ungereimtheiten

Herstellung: Books on Demand GmbH
ISBN 3 - 8311 - 3060 - 4

Eigentlich ist Manuela eine ganz normale Frau – nur wenn sie versucht, so zu leben, geht bestimmt alles schief.

Mit vier Kindern wagt sie einen Neuanfang im Ausland, was sie dort erlebt, kennen andere nur aus schlechten Filmen. Es gibt sie wirklich, Autoschieber, Mädchenhändler und auch Kunstdiebe, die sogar unter Polizeischutz agieren.

Dazu kommt noch eine Scheidung über europäische Ländergrenzen, die auch ohne Schlammschlacht kompliziert genug wäre.

Das alles ist irgendwann nur noch erträglich, als sie mit viel schwarzem Humor die Sichtweise auf ihr bisheriges Leben verändert.

Ein Buch – nicht nur – für Frauen, die auch nach einem Sinn in ihrem alltäglichen Chaos, dem sogenannten Leben, suchen.

Ich stehe auf der Schwelle des Hauses, das diesmal wirklich mein Zuhause werden wird. Es hat lange gedauert, bis ich endlich begriffen habe, wohin mich mein Weg führt. Und wie so oft war ich dann nur erstaunt, wie klar es die ganzen Jahre schon war. Ich habe es nur einfach nicht sehen wollen. Oder vielleicht auch noch nicht sehen sollen, weil die Zeit noch nicht reif war. Die nächsten Jahre werden nicht leicht werden, aber nach allem, was ich hinter mir habe, schreckt mich das nicht. Ich weiss, dass ich es schaffen werde. Ich habe meinen roten Faden gefunden...

Die ersten Jahre

Mein Leben ist bis zu einem bestimmten Punkt typisch für jemanden, der im Osten Deutschlands geboren ist. Ich bin immer eine sehr gute Schülerin, lernen brauche ich nie, mache niemandem Schwierigkeiten. Sehr zeitig bemerke ich, dass ich von meinem Leben andere Vorstellungen habe als meine gleichaltrigen Freunde. Ich bin zerrissen, weil ich nach etwas suche und es nicht finde.

Meine Eltern lassen sich scheiden, als ich 13 bin. Diese Wochen werde ich wohl nie vergessen. Mein Vater, den ich bisher über alles geliebt habe, benimmt sich wie ein kleines Kind. Er heult tagelang, säuft und kommt nachts an mein Bett um sich daneben auf den Boden zu werfen und mir irgend etwas zu erzählen. Er war immer derjenige, der für mich da war. Er hat mich aus dem Kindergarten geholt, er war zu Hause als ich nach einer Sportveranstaltung im Dunklen durch eine Scheibe gerannt bin und mir das Knie zerschnitten habe. Meine Mutter war immer sehr mit ihrer Karriere beschäftigt, wohl auch eine

Flucht aus einer unglücklichen Beziehung. Die Enttäuschung über meinen Vater geht sehr tief. Es tut weh, den eigenen Vater derartig schwach zu erleben. Ich schwöre mir, dass meine Ehe einmal nicht zerbrechen wird. Ein frommer Wunsch. Aus dieser Zeit rührt wohl auch die Sehnsucht, sich irgendwo einfach nur zu Hause und geborgen zu fühlen. Zu meinem Vater breche ich den Kontakt ab, meine Mutter möchte es gern.

Hast Du jemals versucht, wieder Kontakt zu Deinem Vater aufzunehmen?

Nein. Ich habe manchmal darüber nachgedacht, es zu tun. Seine Stieftochter wohnte eine zeitlang auf unserer Strasse, meine Kinder waren mit ihren Kindern befreundet. Es hätte also Gelegenheiten gegeben. Ich glaube, wir sind uns auch ein paarmal über den Weg gelaufen. Nur irgendwie war wohl auf beiden Seiten kein allzu grosses Interesse da. Nach

so vielen Jahren dürften auch kaum noch Berührungspunkte dasein.
Ausserdem wäre meine Mutter wohl tödlich beleidigt, wenn sie dahinterkäme. Und ich habe wirklich genug von irgendwelchen Streitereien.
Der Hauptgrund ist aber wohl, dass mein Vater nach seinem Benehmen bei mir einfach „unten durch" ist, ich habe ihm verziehen, kann aber nicht vergessen und möchte mit ihm nichts mehr zu tun haben.

Meine Mutter heiratet sehr schnell wieder, ich mag meinen neuen Vater nicht besonders, wir sind sehr verschieden. Aber letztendlich werde ich nicht mehr allzu lange zu Hause sein und dann wäre sie allein. Wir raufen uns irgendwie zusammen, fahren fast jedes Jahr nach Ungarn in Urlaub, ich verliebe mich in dieses Land. Durch eine Brieffreundin bekommen wir Kontakt zu deren Familie. Wir sind Fremde und werden sofort eingeladen und wie Freunde behandelt. Ich lerne etwas kennen, was ich all die Jahre gesucht habe, eine ehrliche Herzlichkeit der Menschen.

Bis zur 9. Klasse bin ich danach noch eine brave Schülerin, die sich sehr in den staatlichen Jugendorganisationen engagiert und weitestgehend anpasst. Ich habe die Arbeit, die Auszeichnungen stecken andere ein. Ich bin zu ehrlich.
Ich schliesse mich einer Freundin an, die aus einem christlichen Elternhaus kommt. Ich bin atheistisch aufgewachsen, meine Mutter ist aus der Kirche ausgetreten. Ich bin zwar die ersten Lebensjahre bei meiner Oma aufgewachsen, die gläubig war, nur die hat sich an die Bitte meiner Mutter gehalten und mir wenig erzählt. Durch diese Freundin beginne ich, mich mit Religion zu beschäftigen. Ich beginne auch, mich selbst zu hinterfragen. Ich erkenne langsam, dass ich nicht nur nach Geborgenheit sondern nach einem Sinn in meinem Leben suche. Einem Ziel, bei dem ich mich nicht anpassen muss, sondern ich selbst sein kann.

Das ist das Ende meines Daseins als Musterschülerin, ich ziehe die Konsequenzen, bin nicht mehr mehr brav und angepasst und fühle mich wohl. Es gibt noch einige Lehrer, die meine Ehrlichkeit schätzen, der andere Teil würde mich liebend gern von der Schule verweisen, das geht aber auf Grund meiner Leistungen nicht. Das einzige, was sie tun können, ist meine Empfehlung für Auslandsstudium zurückziehen, aber das will ich sowieso nicht mehr. Ich habe nämlich vor, meinen geradlinig angefangenen Weg weiterzugehen, heiraten, Kinder, Studium, Beruf.

Ich habe meinen späteren Mann kennengelernt. Er ist in ziemlich allen Eigenschaften das Gegenteil von dem, was ich erträume. Meine Eltern mögen ihn von Anfang an nicht und torpedieren die Beziehung. Ich bin sauer und fühle mich hintergangen, denn schließlich habe ich einige Jahre vorher auch Toleranz gezeigt. Letztendlich ist das für mich nur ein Grund mehr, an dieser Beziehung festzuhalten. Ansonsten geht er zur Armee, damit ist für die nächsten 3 Jahre zumindest der Anschein von Männlichkeit gegeben.

Wir heiraten als ich aus der Schule komme. Kerstin wird 9 Monate nach der Hochzeit geboren, ein halbes Jahr vor Beginn des Studiums. Maschinenbau, ein Studium für das man keine gute Beurteilung brauchte. Mich hat eigentlich Maschinenbau nie interessiert, es ist nur aus mehreren uninteressanten Fächern das interessanteste, was ich an meinem Heimatort studieren kann. Und ich habe mir nun einmal in den Kopf gesetzt, dass ich es schaffe, mir und meinem Kind eine schöne Familie mit viel Geborgenheit zu zaubern. Die Realität sieht leider ganz anders aus. Wir müssen bei meinen Eltern wohnen. Müssen eigentlich nicht, ich könnte ein Mutter-Kind-Zimmer in einem Doppelzimmer des Studentenwohnheims haben, die andere Mutter ist mir auch sofort sympathisch. Nur mein Mann möchte nicht, da stünde ich ja nicht jeden Abend bereit für seine Bedürfnisse. Darauf hat sich unsere Beziehung sehr schnell reduziert, seine Bedürfnisse. Ich habe gelernt, ihn einfach zu lassen, da er auf meine Wünsche so-

wieso nicht eingeht und ihm jegliche Phantasie fehlt. Jede Diskussion darüber endet im Streit, dann redet er tagelang nicht mit mir und dem Kind.
Als die Situation in einem Zimmer unerträglich wird, versuchen wir, eine Wohnung zu bekommen. Über den Delegierungsbetrieb meines Mannes, anders ist es damals nicht möglich. Die Mutter einer Freundin ist Vorsitzende der Wohnungskommission im Betrieb, sie nimmt uns sofort jegliche Hoffnung. Arbeiter erhalten bevorzugt Wohnungen, wir als Studenten stehen sowieso ganz unten auf der Liste. Sie gibt uns den Rat, uns ans Jugendamt zu wenden und unsere Situation zu schildern. Schliesslich wohnen wir zu dritt auf 14 qm. Der Brief, den wir von dort zurückbekommen, ist die blanke Frechheit. Wenn wir der Meinung sind, dass unser Kind ins Heim sollte, könnten wir sie kontaktieren. Das reicht. Ich setze mich hin und schreibe an den Staatsratsvorsitzenden (so etwas wie Bundeskanzler) persönlich. Von anderen hat man schon gehört, dass solche Schreiben Erfolg haben sollen. Zu verlieren haben wir nichts. Und

es geschieht ein kleines Wunder, wir bekommen eine Wohnung, 2 Zimmer, Küche, Aussentoilette, unser zu Hause für die nächsten zehn Jahre.

Die Renovierung fällt genau in die Prüfungszeit des ersten Studienjahres. Das ist eigentlich typisch, wenn ich denke, ich könnte mich mal auf eine Sache richtig konzentrieren sind bestimmt noch zwei mindestens genauso wichtige Sachen zu erledigen. Das ist schon das ganze Studienjahr so, vor einer wichtigen Klausur kann ich damit rechnen, dass Kerstin Mittelohrentzündung bekommt. Sie brüllt die ganze Nacht, ich ziehe mit ihr aus dem gemeinsamen Schlafzimmer aus und trete nach einer durchwachten Nacht frisch und fröhlich zur Klausur an. Kerstin liegt währenddessen ruhig schlafend in ihrem Kinderwagen vor dem Hörsaal, schliesslich ist auch sie nach einer durchbrüllten Nacht fix und fertig.

In dieser ersten Prüfungszeit wird es noch ein wenig verrückter. An einem Mittwoch ist meine Physikprüfung. Nur irgendwie bin ich der festen Ansicht, die Prüfung ist donnerstags. Am Mittwoch Nachmittag unterhalten wir uns beiläufig, dass ich am anderen Tag Prüfung habe, ich sollte noch lernen. Plötzlich realisiere ich, dass die Prüfung wohl schon vor zwei Stunden war. Ich überlege eine Weile, welche Ausrede mir denn einfällt, ob vielleicht meine Tochter krank ist. Aber da hätte ich wohl früher anrufen müssen. Ich setze mich also ins Auto und fahre zum Professor. Ich sage ihm, dass ich die Prüfung ganz einfach vergessen habe. Der muss über so viel Ehrlichkeit nur lachen. Er gibt mir einen neuen Termin und ich bestehe die Prüfung.

Der Traum, dass sich unsere Beziehung in irgendeiner Weise bessert, wird immer mehr zum Alptraum. Unser zweites Kind ist unterwegs. Morgens stehe ich um 5 Uhr auf, mache die Grosse fertig, laufe zur Kinderkrippe und danach zur Uni. Das ist eine dreiviertelstunde Fussmarsch, bei Wind und Wetter. Mein Mann schläft bis sieben, macht sich fertig und steigt ins Auto, um ebenfalls zur Uni zu fahren. Ich habe Glück, ein Studienkumpel meines Mannes liest mich manchmal mit dem Moped auf und nimmt mich mit.

Warum hast Du an dieser Stelle nicht schon aufbegehrt und einfach das Auto genommen?

Es ist wirklich schwer zu erklären. Die einfachst Erklärung an dieser Stelle wäre wohl, dass ich Angst vor neuem Psychoterror hatte, oder auch vor körperlicher Gewalt. Nur das wäre nur die halbe Wahrheit.
Ich habe mir in der ganzen Zeit eigentlich nur eine Eigenschaft vollständig erhalten können, und das war mein Stolz. Ich hätte mir sicher einmal den Schlüssel nehmen können und mit dem Auto wegfahren. Am nächsten Tag wäre aber sicher der Schlüssel verschwunden gewesen. Oder am Auto wären irgendwelche Defekte gewesen, damit es nicht anspringt. Ich hätte also auf jeden Fall meinen Mann betteln müssen, mir zu helfen oder den Schlüssel zu geben. Was er dann je nach Lust und Laune getan hätte.

Wohlgemerkt, es hätte auf keinen Fall gereicht, ihn zu bitten.

Siehst Du da nicht etwas Gespenster?

Nein, ich denke hier wohl nicht zu schwarz. Viel später, als ich bereits von ihm getrennt war, ist mir mit meinem Auto wirklich eine komische Sache passiert. Nach einem Wochenendbesuch meines Mannes funktionierte der Rückwärtsgang meines Autos nicht mehr. Ich bin einige Tage so gefahren, bis ein Bekannter dann einmal nachschaute. Im Gestänge war eine Rohrzange, Made in GDR so verkeilt, dass sich die Stange nicht mehr bis in die Position Rückwärtsgang bewegen liess. Ein Dummer-Jungen-Streich fällt als Erklärung aus, da hätte das Werkzeug eine andere Herkunft gehabt.

Am Nachmittag ist mein Mann verschwunden. Ich weiss nicht, wo er ist. Auf meine Fragen bekomme ich einfach keine Antwort. Abends ist Sex angesagt, wie immer. Ich schaffe das erste Studienjahr, irgendwie.

Das zweite Kind ist wieder ein Mädchen, ausser mir registriert niemand so richtig, dass sie überhaupt da ist. Die Omas fliegen auf unsere Grosse, das Nesthäkchen wird mein Kind. Ich verlege Halbjahresprüfungen auf die Zeit vor der Geburt. Das ist ganz günstig, im zweiten Studienjahr ist ein 6-wöchiger Lehrgang Zivilverteidigung integriert. Während die anderen Studenten in Uniformen in den Vorlesungen sitzen und am Nachmittag durch das Gelände robben, sitzen drei junge Frauen mit dickem Bauch schön weit hinten an einem Extratisch und stricken. Nachmittags haben wir frei, da kann ich meine Prüfungen in Ruhe angehen. Nach der Geburt kommt mir ein harter Winter zugute. Die Studenten werden für sechs Wochen in den Tagebau geschickt. Einige meiner Komilitonen werden während dieser Zeit als Brückenführer auf den riesigen

Tagebaubrücken in den Braunkohlegebieten eingesetzt, weil man sinnigerweise die eigentlichen Brückenführer als Reservekader zur Armee eingezogen hat, wo sie dann Gleise freischaufeln dürfen. Anträge auf Unabkömmlichkeit werden auf Grund der Krisensituation in der Braunkohlegewinnung grundsätzlich abgelehnt.
Mir kommt das sehr recht, ich verpasse kaum Vorlesungen. Nur einige Prüfungen habe ich umsonst gemacht, die Halbjahresprüfungen fallen aus.

Als Claudia etwa ein Jahr ist, fragt mich mein Mann beiläufig, nachdem er wie immer auf mir onaniert hat: „Was fragt eine frigide Frau ihren Mann am Morgen? Wie lange hast Du gestern abend noch gemacht?“ Es dauert eine Weile, bis ich den Sinn realisiere. Vom Blitz getroffen ist dann noch ein milder Ausdruck für das, was ich empfinde.
Leider habe ich keine Möglichkeit, irgend etwas zu erwidern, er war der erste und ist bisher der einzige, mit dem ich geschlafen habe. Ich fühle mich wie eine Hure, oder

schlimmer, denn die hat wenigstens Geld bekommen.

Viele Jahre später erfahre ich, dass es für den Zustand, in dem ich die letzten Jahre verbracht habe eine Bezeichnung gibt – Vergewaltigung in der Ehe-, und dass auch andere Frauen daran zerbrechen, nicht nur ich.

Gib mir die Gelassenheit ....

Für eine kurze Zeit bin ich entschlossen, mich scheiden zu lassen. Mein Mann fällt aus allen Wolken. Er verspricht Besserung, ist auch wirklich eine Zeitlang nicht dauernd unterwegs ohne zu sagen wohin. Mein Mut verlässt mich sehr schnell, er ist doch der Vater meiner Kinder. Und ich allein mit zwei kleinen Kindern –das traue ich mir irgendwie nicht zu.

Ich nehme Kontakt zu dem für unseren Stadtteil zuständigen Pfarrersfamilie auf. Ich möchte, dass die Kinder irgendwo eine Möglichkeit haben, Halt zu finden. Ich kann ihnen den nicht mehr geben, mir ist der Boden unter den Füssen weggerutscht. Sie gehen in die Christenlehre und spielen Weihnachten im Krippenspiel mit. Durch den Kontakt zur Frau des Pfarrers finde ich wieder Halt, erfahre, wieviel Kraft Menschen haben, die gläubig sind. Gläubig, nicht schein-heilig. Ich trete in die Kirche ein und beginne bewusst nach meinem Weg zu suchen.

Der Rest des Studiums verläuft irgendwie. Das Nesthäkchen ist viel krank. Ich habe von den Verantwortlichen der Uni sehr viel Unterstützung. In Vorlesungen kommen dann schon einmal Bemerkungen wie „Ja, Herr B.., manchmal sind auch Leute in der Vorlesung von denen man es nicht erwartet", als mein bester Kumpel erst in der Vorlesung bemerkt, dass ich da bin. Mir kommt sicherlich die familiäre Atmosphäre einer kleinen Uni zugute. Und die Tatsache, dass ich viel Lehrstoff behalten kann, wenn ich ihn nur einmal gehört habe.

Von meinem Mann habe ich keine Unterstützung. „Wer wollte denn die Kinder?" ist sein Lieblingssatz, mit dem er sich aus der Verantwortung stiehlt und selbst Sportveranstaltungen besuchen muss, obwohl ich wichtige Vorlesungen habe. „Ich will meine Rente noch erleben, da kann ich mir nicht zuviel Stress antun", eine typische Einstellung für viele Männer im Osten.

Ich lebe mit meinen Kindern, mein Mann lebt nebenher.

Wir fahren fast jedes Jahr nach Ungarn in Urlaub, haben dort eine Familie kennengelernt. Wir verstehen uns gut und besuchen uns gegenseitig jedes Jahr. Ich beginne, die Sprache zu lernen. Die Kinder fühlen sich wohl und haben keinerlei Probleme, sich mit dem Sohn der Familie zu verständigen. Wir würden gern länger bleiben, nur wir dürfen pro Jahr nur für wenige Tage Geld tauschen.

Ich bekomme gegen Ende des Studiums mehrere Angebote zu promovieren. Reizen würde es mich schon, besonders ein Forschungsprojekt über die Nutzung von Körperschall zur Früherkennung von Schäden an Bauteilen, heute in der Autoindustrie ein grosses Thema.
Aber wir brauchen eine grössere Wohnung, und deshalb suche ich mir eine Stelle in einem Betrieb der Mikroelektronik, dort sind die Chancen am besten. Wohnungen werden damals in Betrieben

vergeben. Je nach Bedeutung erhalten die Betriebe Kontingente, die sie an ihre Mitarbeiter vegeben können.

Kurz vor Studienende lerne ich einen netten Jungen kennen, ich verliebe mich in ihn, weil ich die Empfehlung einer Freundin beherzige, „es" doch mal mit einem anderen Mann zu probieren, damit ich sehe, dass es da auch nicht anders ist als mit meinem. Es ist anders, ganz anders.
Unsere Ehe wird eine Vernunftehe, nichts ungewöhnliches. Ich habe noch eine Affaire, der Mann will mich sofort heiraten, er wird mir schnell lästig mit seiner überstürzten Art. Mein Mann hat auch eine Freundin, ich hoffe, dass er geht und ich endlich frei bin. Er bleibt, wir kaufen ein altes Haus und fangen an auszubauen.
Ziemlich spät merke ich, dass ich wohl wiedermal schwanger bin. Ich erfahre, dass es Zwillinge werden. Ich habe mir schon immer welche gewünscht. Ein Vierteljahr vor der Geburt muss ich ins Krankenhaus. Bis zur 34. Woche können die Ärzte die Geburt noch aufhalten, dann hat es der eine Zwilling eilig. Es wird ein

Kaiserschnitt, zwei Winzlinge, wieder Mädchen. Nach vier Wochen dürfen wir nach Hause, mir fehlen meine beiden anderen Kinder.

Im Krankenhaus erfahre ich, dass es für schwangere Frauen in Not Zuschüsse für Babyausstattung und auch für den Bau von Eigenheimen gibt, sofort als ich wieder draussen bin stelle ich einen Antrag. Die Antwort:– „Da Ihre Kinder bereits geboren sind, können wir leider nichts mehr für Sie tun."

Ich arbeite sofort nach der Geburt der Zwillinge weiter, mittlerweile bin ich Lehrerin für Wirtschaftsinformatik, bilde Frauen aus, die sich umschulen lassen. Diesen Job würde ich gern behalten, er macht mir viel Spass. Ich baue meinen Unterricht so auf, dass am Anfang praktische Übungen im Vordergrund stehen. Die Frauen sind oft über vierzig, haben noch nie etwas mit Computern zu tun gehabt. Sie müssen erstmal ihre Angst überwinden. Die Arbeitsweise eines Computers erarbeiten wir gemeinsam, indem wir versuchen, uns den Morgenkaffee kochen zu lassen. Bis man diesen simplen Vorgang einem Computer begreiflich gemacht hat, ist eine Menge Papier beschrieben und ein recht komplexer Programmablaufplan entstanden. Der positive Effekt ist, Grundlagen prägen sich auf diese Art und Weise sehr gut ein und man kann komplizierte Sachverhalte später gut nahebringen. Negativ ist allerdings, dass niemand so richtig das Gefühl hat, mit dem Stoff überfordert zu sein. Diesen Effekt bemerke ich auch später immer wieder: Je unverständlicher jemand einherredet, umso mehr wird er als Fachmann akzeptiert. Damit muss man leben.

Meine 80-jährige Oma behält die Kleinen, solange sie noch nicht herumlaufen. Sie blüht richtig auf, weil sie wieder regelmässig gebraucht wird.

Als die Zwillinge ein Jahr sind, stelle ich einen Termin für den Umzug aus der alten Wohnung in unser Haus – in drei Monaten. Wir haben in unserer 35 qm Wohnung einfach keinen Platz für ein zweites Kinderbett, auch mit einem Bett bekomme ich den Kleiderschrank im Kinderzimmer nicht mehr auf. Als mein Mann den Umzugstermin hört, rührt er keinen Handschlag mehr. Er will noch mindestens ein dreiviertel Jahr in aller Ruhe herumbasteln und dann in ein komplett fertiges Haus einziehen, wenn es denn bis dahin fertig ist. Ich baue im Garten ein Zelt auf und tapeziere die reichliche Hälfte des Hauses allein, die Kinder helfen so gut es geht. Es wird nicht perfekt, aber wir können einziehen.

Als der Erziehungsurlaub zu Ende ist, bekomme ich die Kündigung. Mein Anwalt verschläft die Frist, damit bin ich draussen. Ich habe für die Zeit des Erziehungsurlaubs einen neuen Arbeitsvertrag unterschrieben, für 15 Stunden. Mein Arbeitslosengeld beträgt somit sagenhafte einhundertzwanzig DM/Woche.

... Dinge zu akzeptieren, die ich nicht ändern kann

Ich mache mich selbständig, EDV-Beratung. Leider ist das zu dieser Zeit eine recht hoffnungslose Angelegenheit, niemand braucht solche Leute. Ich halte mich irgendwie über Wasser, will eigentlich auch nur den Anschluss nicht verlieren, verkaufe Computer. Mit vier kleinen Kindern muss ich etwas tun, wo ich mir die Zeit einteilen kann. Von dem Geld, das ich als Zuschuss dafür bekomme, dass ich mich selbständig gemacht habe, kauft sich mein Mann ein Motorrad. Das Motorrad ist für uns beide gedacht, statt eines zweiten Autos. Aber die Maschine ist so hoch, dass ich nicht mit den Füssen herunterreiche und gleich bei meinem ersten Fahrversuch umfalle. Angeblich sind alle Motorräder so. Der Mann meiner Freundin zeigt mir später sein Motorrad, da komme ich bequem auf den Boden.

Mein Mann verliert seinen Job auch bald Er wird gegen den Willen des Betriebsrates gekündigt, lügt mir monatelang vor, dass gegen das Urteil Berufung eingelegt wurde. Ich erfahre zufällig, dass er sich gegen eine lächerliche Abfindung einverstanden erklärt hat. Der psychische Druck auf Arbeit war ihm zu gross.

Wir hängen beide zu Hause, Computer haben ihn schon immer interessiert, ich bringe ihm bei, was ich weiss. Eine Hilfe wird er mir nicht, das Haus bleibt auch in seinem halbfertigen Zustand.

Als sein Arbeitslosengeld ausläuft, beschliessen wir, dass er es auch probieren könnte, sich selbständig zu machen. Zumindest solange das Arbeitsamt Zuschüsse zahlt, das machen zu diesem Zeitpunkt fast alle im Osten.

Jetzt ist er Unternehmer, übernimmt meine Kunden, schafft einen Haufen teurer Programme und Hardware an, denn wenn er überhaupt etwas tut, dann muss alles perfekt sein. Ein Grossteil meines Kundenstammes sind Ärzte. Er hat kein Interesse und gibt sie ab. Er müsste sich in deren Software einarbeiten. Nach einem halben Jahr ist seine Bilanz so, dass er alles Geld, was er als Zuschuss vom Arbeitsamt bekommen hat, für irgendwelche Lizenzen und teure Hardware ausgegeben hat.

Ich arbeite neben dem Studium bei einer Firma aus dem Westen, die haben schnurlose Tastaturen entwickelt und ich soll für sie in einem grösseren Bereich Fachhändler anwerben. Das Konzept ist im ersten Moment gut, hat aber bald Makken, die Software ist nicht fertig, das Produkt arbeitet nicht stabil, Kritik ist nicht gefragt. Ab Juli sind wir also beide wieder ohne Einkommen, mein Kundenstamm ist futsch, neue nicht dazugekommen, und die Stimmung ist mies.

Ich liege meinem Mann in den Ohren, sich in die Arbeitslosigkeit zurückzumelden, das ist zu diesem Zeitpunkt innerhalb eines Jahres möglich. Wir leben nur vom Kindergeld. Ich bin zu lange selbständig, bin raus aus dem sozialen Netz. Ich fange ein Zusatzstudium Wirtschaftswissenschaften an, weil mir viele Grundlagen in diesem Bereich fehlen. Es bliebe, nachdem auch Bafög wegen meines Alters abgelehnt wurde, nur Sozialhilfe. Und für mich der Weg in den Alkohol, ich muss aufpassen.

Mein Mann spürt wohl wieder einmal Macht über mich, lässt mich reden und hört einfach nicht zu. Ich bitte unsere ganze Verwandtschaft, auch seine Eltern um Hilfe. Die Diskussion endet mit der Bemerkung, dass ihr Sohn doch wohl auch ein bisschen Spass braucht. Ansonsten umgehen sie das Problem, wie immer. Bei einer Aussprache mit seinem Vater ist dessen einzige Sorge, dass sein Sohn aufpasst nicht zu kurz zu kommen, falls wir uns trennen.

Im Dezember läuft die Rückmeldefrist ab, er tut nichts. Für mich gibt es keinen Grund mehr für das Modell Vernunftehe. Mein Mann hat sich aus der Verantwortung für seine Familie endgültig verabschiedet.

Der Zeitpunkt für seine Machtprobe ist schlecht gewählt, ich habe gerade begonnen, über die Realisierung eines zwar wahnsinnigen, aber auch sehr reizvollen Traumes nachzudenken. Die Diskussion um Rückmeldung in die Arbeitslosigkeit betrachte ich nur noch als Omen.

Im Januar miete ich ein Haus in Belgien, sage meinen Eltern Bescheid. Im Februar packe ich unseren Kleinbus voll mit dem Allernötigsten, nehme die beiden Grossen mit, lasse die Zwillinge für ein paar Wochen bei meinen Eltern und fahre los. Der Faschingsdienstag ist unser erster Tag in der neuen Heimat, wir stehen am Strassenrand und sammeln „Kamelle".

Warum hast Du Dich mit so einem Typen überhaupt eingelassen?

Gute Frage. „Liebe macht blind", wäre sicher am einfachsten und doch grundfalsch. Meine grosse Liebe war er nämlich nie. Am Anfang war es wohl ein Spiel, er war so wenig Frauentyp, dass ich ihn aus der Reserve locken wollte. Was mir erst später klar wurde: Er ist meinem richtigen Vater sehr ähnlich.
Dazu kam dann die massive Ablehnung meiner Eltern , da setzte wohl auch eine Art Trotzreaktion eines Teenagers ein. Ich wollte allen beweisen, dass es doch geht. Irgend-

wann waren sicher auch Gefühle im Spiel, ob wirklich Liebe oder Mitleid, er könnte allein nicht klarkommen, sei dahingestellt.

War das wirklich ein Grund zu bleiben?

Ja, doch sehr bald setzte auch der fatale Psychoeffekt ein. Ich konnte ihm eigentlich nie etwas recht machen, er nörgelte und meckerte an mir herum, ich versuchte mich zu bessern. Mein Selbstwertgefühl rutschte immer weiter in den Keller. Da ich mir auch selbst das Scheitern der Beziehung nicht eingestehen wollte, blieb ich nicht nur seine Gefangene, sondern auch meine eigene. Diese Beziehung sollte nun einmal für die Ewigkeit sein, das wollte ich auch meinen Eltern beweisen.

Reicht das als Erklärung wirklich aus? So einen selbstzerstörerischen Eindruck machst Du eigentlich nicht.

Gerade in letzter Zeit, als ich mich noch einmal intensiv mit diesen Jahren beschäftigt habe, denke ich wirklich, dass diese einfachen Erklärungen zu kurz greifen. Sie führen eigentlich nur dazu, dass man sich selbst bemitleiden möchte. Es waren Jahre der Entwicklung auf meinem Weg. Ich habe phantastische Kinder, die ich mehr als alles auf dieser Welt liebe. Und im Rückblick gelingt es mir immer mehr, mir die glücklichen Momente mit ihnen ins Gedächtnis zu rufen. Ich habe auch immer den Teil meiner Persönlichkeit bewahren können, der für meinen späteren Weg entscheidend war. Und ich habe auch immer im richtigen Moment Hilfe und Unterstützung bekommen.

Wie stehst Du heute zu dieser Zeit?

Ich sehe diese Zeit heute als einen notwendigen Abschnitt, mit vielen Widrigkeiten, um mir auch die Kraft für wirkliche Probleme zu geben. Vielleicht hätte ich mit einem ande-

ren Partner eine glücklichere Ehe
führen können, nur eigentlich möchte
ich nicht darüber nachdenken, worin
meine Probleme dann hätten beste-
hen können.
Erst als ich mit meinen Gedanken an
diesem Punkt war, hat mein Mann
die Macht über mich endgültig verloren.
Bei der Frage „Würdest Du ihn noch
einmal heiraten?" bin ich aber doch
froh, dass sich die Zeit nicht zurückdrehen lässt.

Ausweg

Im August war ich zufällig auf eine Annonce in einer Zeitung gestossen, dass eine internationale Steuerberatung in Belgien Partner sucht, auch zur Ausbildung. Da das genau die Richtung ist, in die ich schon längere Zeit Ambitionen habe, rufe ich an. Kurze Zeit später treffe ich mich mit den beiden Geschäftsführern und wir werden uns einig. Ich werde sofort voll in die Arbeit einbezogen. In Schwierigkeiten gekommene Firmen sollen saniert werden, das heisst drei Tage Auswertung aller Firmenunterlagen, damit ein Status erstellt werden kann, Gläubigerversammlungen, also letztendlich der Versuch, die Firma zu retten. Wir sind ein tolles Team, und ich bewundere die Souveränität, mit der diese beiden Männer die ausweglosen Situationen in den Griff bekommen. Mit einem der beiden, Werner, telefoniere ich dann öfters, und irgendwann kommt die direkte Frage nach meiner Ehe. Und eigentlich im gleichen Atemzug die Einladung, das nächste mal nicht abends nach Hause zu fahren. Ich sage zu.

Dieses nächste Treffen ist für mich dann etwas schwierig. Ich bin nervös wie so ein kleines Kind, muss aber eine Gruppe von recht wütenden Leuten bei Laune halten. An diesem Tag sind für zwei Firmen Gespräche mit den Gläubigern angesetzt sind, die zweite Gruppe zeitlich viel zu knapp eingeladen und ich sitze mittendrin und warte mit Mir fehlt die Routine und eine ganze Portion Selbstvertrauen. Mir fällt ein Stein vom Herzen, als das erste Gespräch fertig ist und ich Verstärkung erhalte. Abends gehen wir mit einem Mandanten essen, auf dem hell erleuchteten Marktplatz wird mein Auto aufgebrochen. Zum gleichen Zeitpunkt ist der Oberbürgermeister mit einem Fernsehteam auf dem Platz, wir sehen sie, als wir den Schaden am Auto begutachten. Wir wollen eine Anzeige aufgeben. In der Polizeiwache ist Pause, und vor uns warten etwa 10 Personen, denen das gleiche passiert ist. Also keine Anzeige, sondern ein Hotel mit Tiefgarage suchen, wo das Auto ohne Scheibe eine Nacht bewacht stehen kann. Ich bekomme mühsam an der Bar noch einen Drink herunter, dann verabschiedet sich der Mandant und wir sind allein.

Im Zimmer gehe ich schnell duschen und verkrieche mich unter der Bettdecke. Mir ist eher kalt, und ich hätte wohl alles gern schon hinter mir. Als Werner zu mir ins Bett kommt, vergeht diese Gefühl schnell. Er ist phantasievoll und zärtlich, ohne mich zu bedrängen. Ich kann zum ersten mal in meinem Leben einfach nur geniessen. Nach langer Zeit liegt er auf mir und sagt, dass er gern ganz langsam in mich eindringen möchte. Ich sage, dann tu´s doch. Er sagt, dass er erst mit mir schläft, wenn ich ihn darum bitte. Er nimmt mich in den Arm und ich schlafe mit einem seltsamen Gefühl von Geborgenheit ein.

Am nächsten Morgen ist dieses Gefühl immer noch da, nur ich kann mein loses Maul nicht halten und mache eine blöde Bemerkung bezüglich Chef und Sekretärin. Ich habe noch nie einen Mann so wütend gesehen, er ist kurz davor, dass ihm die Hand ausrutscht. Und ich habe noch nie vorher so ein komisches Gefühl gehabt, ich würde am liebsten schreien „Nimm mich". Ich muss wohl über mich und meine sexuellen Neigungen mal etwas intensiver nachdenken.

Wir haben etwa zwei Wochen Funkstille, dann müssen wir telefonieren, etwas dienstliches. Ich sage ihm, dass ich wohl eine masochistische Ader habe und ihn an dem besagten Morgen provozieren wollte. Weil ich mich in seinen Armen so geborgen gefühlt habe und mich ihm auch in dieser Beziehung anvertrauen würde. Ich habe mittlerweile nur noch Sehnsucht, bin einfach verliebt. Zunächst läuft es auch in die Richtung, dass ich alles für ihn tun würde, eine grosse Gefahr bei dieser Art Neigung. Nur, er versetzt mich mehrmals, eine typische Masche von ihm. Das weckt in mir längst vergessen geglaubte Kräfte. „Dir werde ich es zeigen!"

Als erstes färbe ich meine Haare und style mich zu unserem nächsten Treffen. Er erkennt mich fast nicht. Und es interessiert ihn wohl, was noch so in mir steckt. Ich bin in der nächsten Zeit oft in Belgien, fühle mich da wohl. Wir haben mittlerweile auch miteinander geschlafen, ich habe ihn tatsächlich darum gebeten. Meine Gefühle für ihn sind sehr stark, und sie machen mich stark. Mit einer Kollegin freunde ich mich an, wir träumen, wir könnten uns zusammentun und gemeinsam einen Reiterhof aufbauen. Als dann noch das Angebot kommt, doch als Werners Sekretärin zu arbeiten, bekommt die Sache für mich eine ganz neue Richtung. Der längst verloren geglaubte Traum von einem anderen Land und von Pferden meldet sich zurück.

Den letzten Anstoss gibt für mich ein Buch über die Ehe, geschrieben aus christlicher Sicht. Ich habe mit wenig Interesse zu lesen begonnen. Aus christlicher Sicht ist es bestimmt meine Aufgabe, bei meinem Mann zu bleiben und den Kindern eine Familie zu erhalten. Doch für mich wird es dann die Abrechnung mit meiner Ehe. Ein Satz bleibt mir in Erinnerung: „Wenn Du zu einem Mann nicht aufschauen kannst, dann schau ihn nicht an." Es geht eindeutig auch um Pflichten eines Mannes gegenüber seiner Frau. Ich bekomme endgültig die Kraft, loszulassen und mich führen zu lassen.

Als Werner merkt, dass ich ernsthaft darüber nachdenke, mit Kindern wegzugehen, bekommt er Angst. Er kann sich nicht vorstellen, dass ich nicht ihn als Person brauche, sondern nur seine moralische Unterstützung. Da ihn das nichts kostet, lässt er sie mir. Unsere Beziehung dauert noch ein halbes Jahr, wir sehen uns fast nicht mehr.

Ich bin wild entschlossen, diese Chance zu nutzen. Die Kinder wollen mit mir kommen, sie sind wohl diese ewigen Streitereinen zwischen ihren Eltern auch leid. Und es ist der Reiz des Neuen, Unbekannten.

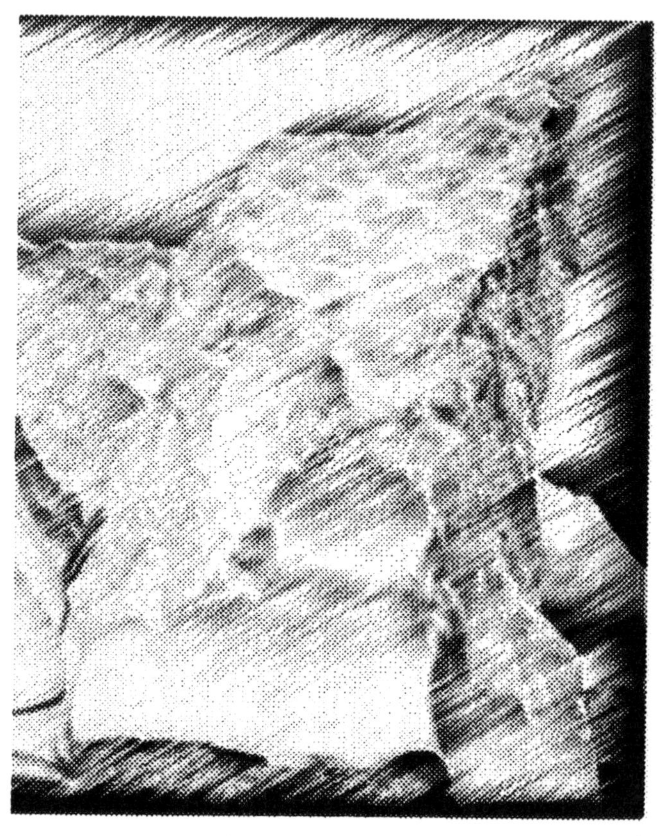

Gib mir den Mut ....

Ankunft in der neuen Heimat

Als wir in Belgien ankommen, ist es dunkel und es liegen 15 cm Schnee, etwas sehr seltenes hier in dieser Gegend. Belgier sind normalerweise ein Volk, das keine Winterreifen kennt. Wir ziehen zunächst in eine kleine Wohnung, bis wir in unserem Haus einige Räume renoviert haben. Der nächste Tag ist Faschingsdienstag, und da wir hier zu den Ausläufern des Rheinlandes gehören, sind auch überall Umzüge. Das ist für uns als Faschingsmuffel faszinierend und eine schöne Begrüssung.

Der Umzug in unser Haus ist in der nächsten Woche schnell erledigt, wir haben fast nichts. So langsam kaufe ich Möbel, bin froh über jedes Stück, das ich geschenkt bekomme. Das Haus füllt sich, es ist erstaunlich, wieviel Unnützes man vorher angesammelt hatte.

Die Kinder haben eine Woche länger Ferien, hier haben die Ferien später angefangen. Für sie ist es nicht einfach, ein völlig anderes Schulsystem, eine neue Klasse, eine neue Sprache.

Die Zwillinge kommen schon nach 14 Tagen, meinen Eltern ist es zuviel. Sie sind an der gleichen Schule wie ihre Schwestern in der Kindergartenklasse. In den ersten drei Monaten sind sie ständig krank, sie reagieren sehr sensibel auf Veränderungen.

Die Arbeit macht mir Spass, langsam bekomme ich weitere eigene Mandanten. Ich werde voll ins kalte Wasser geworfen, die Leuten, die zu uns kommen, sind alle in ausweglosen Situationen. Und ich muss sehen, wie ich allein fertig werde. Bei dem Spagat Kinder, Job, Wohnung einrichten komme ich keinen Moment dazu über meine mangelnde Erfahrung nachzudenken. Als ich das kann, bin ich kein Anfänger mehr.

Steuerberatung einmal anders

Es dauert lange, bis ich begreife, was in der Firma so vor sich geht. Die Staatsanwaltschaft ist heute nach mehr als vier Jahren immer noch nicht fertig, die Anzeigen wegen Betruges zu überprüfen. Einige Mandanten haben sich später an mich gewandt, nur sie haben sich so naiv verhalten, dass ihnen das Gesetz kaum helfen wird.

Das Konzept erscheint erstmal schlüssig.

In Belgien arbeiten in einer Sozietät selbständige Steuerberater, zu diesem Zeitpunkt braucht man für die Eintragung ins Handelsregister nur einen Personalausweis. Gegenüber Mandanten erscheint eine GmbH, die die Arbeiten ausführt. Für Aussenstehende ist es eine grosse internationale Steuerberatungsgesellschaft mit mehr als zwanzig Steuerberatern. Heute könnte das Konzept sogar in dieser Form aufgehen, die Gesellschaft hätte auf einen Schlag Niederlassungen in vielen grösseren Städten Deutschlands. Die Leute, die

sich dieser Gesellschaft anschliessen, tun
es auch mit dieser Absicht. Die meisten
der Leute arbeiten seit Jahren als Bilanz-
buchhalter oder Steuerfachangestellte und
wollen ihr Geld nicht mehr mit jemandem
teilen, der nur seinen Stempel unter For-
mulare und Abschlüsse setzt.
Die Leute, die diese Gesellschaft gründen
haben am Anfang sicher auch die Absicht,
dieses Konzept in die Praxis umzusetzen.
Nur sie haben wohl sehr bald gemerkt,
dass es auch noch andere lukrative Möglichkeiten gibt, wenn man sich schon einmal die Mühe macht, sich im Ausland
umzusehen.

Als erstes erkundigt man sich selbst nach
den möglichen Gesellschaftsformen. Und
hier stösst man sehr schnell auf eine sehr
liberale Handelsgesetzgebung bezüglich
Aktiengesellschaften. Ein relativ niedriges
Stammkapital, keine grösseren Formalitä-
ten bei der Gründung, innerhalb einer Woche ist die Gesellschaft eingetragen. Wenn
man hier ein paar grössere Interessenten
findet hat man ausgesorgt, Vorstandsvor-
sitzende werden gut bezahlt. Wenn man

noch den Vertrieb der Aktien irgendwie organisiert, kann die ganze Sache ein lohnendes Geschäft werden. Vor allem, wenn man genügend Steuerberater in der Sozietät hat, die ihren Mandanten dann auch gleich lohnende Anlagemöglichkeiten bieten können. Da es keine geschützte Berufsbezeichnung gibt, gibt es auch keine Einschränkungen im Tätigkeitsfeld.

Über die Steuerberater und über grosse Anzeigen werden Leute geködert, die in finanziellen Schwierigkeiten sind, Sanierungsfälle. Die Firmen werden, wenn noch genügend Geld da ist, „saniert", manchmal haben am Ende nur die Gläubiger kein Geld, sehr oft aber auch die Leute selbst nicht mehr. Die Sanierungen laufen sowohl nach aussen hin als auch vor den Augen der Gläubiger sehr seriös und professionell ab. Es wird mit grossem Aufwand ein Status und Gläubigerlisten erstellt, eine Gläubigerversammlung wird einberufen, die Modalitäten der Sanierung werden im Gläubigerkreis abgestimmt. Ziel ist die Erhaltung der Firma und eine weitere Tätigkeit.

Im Hintergrund laufen ganz andere Aktivitäten, da wird alles Eigentum vor den Gläubigern in Sicherheit gebracht. Die Leute gründen in Belgien eine Aktiengesellschaft, an die sämtliches Eigentum sicherungsübereignet wird, damit kommt kein Gläubiger mehr an die Sachen heran. Der Sitz der zu sanierenden Firma wird kurze Zeit später verlegt, danach wird Konkurs angemeldet.

Die Sache hat nur einen Haken:

Diese Aktiengesellschaft wird von den Inhabern der Steuerberatungsgesellschaft gegründet, sie werden alleinige Aktionäre, der Mandant wird Verwaltungsratsvorsitzender. Er zahlt treu und brav das Gründungskapital und die Gründungskosten bar ein. Vor dem Notar beurkundet er als Verwaltungsratsvorsitzender, dass das Geld von den Aktionären eingezahlt wurde. Es wird gleich nach Gründung eine Sicherungsübereignung sämtlichen Eigentums an die AG aufgesetzt. Das böse Erwachen kommt, wenn der Mandant nach einiger Zeit sein Geld wieder abheben will und das Konto leer ist. Wenn er Pech hat, sieht er auch von den übereigneten Gütern nichts mehr. (Der Trick bei der Sache ist, dass den Leuten der Unterschied zwischen Aktionär und Verwaltungsratsvorsitzender nicht klar ist. Der Aktionär ist der Eigentümer der Gesellschaft, kann also über alle finanziellen und wirtschaftlichen Transaktionen bestimmen. Der Verwaltungsratsvorsitzende ist nur etwas wie angestellter Betriebsleiter, was mit den Geldern der Firma geschieht, hat er nur den Aktionären gegenüber zu verantworten. Wenn also die Aktionäre kurz nach Gründung alles Geld entnehmen und die Liquidation der Firma erklären, machen sie sich nicht einmal strafbar.)

Das Konzept geht auf, mehrere Steuerberater bringen Kunden für diese Sanierungen, zum Teil aus dem Freundes- und Verwandtenkreis.

Nach etwa einem Jahr wird offensichtlich, dass irgend etwas nicht stimmt. Es laufen immer mehr Sachen schief, auch für die

Steuerberater wird es nach einer Anzeige der Steuerberaterkammer eng.

In einem Fall ist die Geschichte sehr tragisch. Ein junger Kollege verliebt sich während der Sanierung in die Mandantin. Es ist eine junge Frau, die sich gerade aus den Schwierigkeiten befreien will, in die sie ihr Ex-Mann gebracht hat. Er hat die Firma als Selbstbedienungsladen betrachtet und sie damit fast vollständig ruiniert. In der Hoffnung, dass der Kollege ihr aus den Schwierigkeiten heraushelfen kann, nimmt die Frau einen hohen Kredit bei der Bank auf, um über eine Sanierung wieder auf die Füsse zu kommen. Die Sanierung schlägt fehl, das Geld ist auch weg, als ich den beiden begegne ist von dem einstigen Optimismus wenig übrig.

Es gibt auch Fälle, da versuche ich zu helfen. Einer ist ein Gastwirt, der sein Haus verkauft hat und ein Hotel eröffnen möchte. Da er das Geld von der Bank nicht bekommt, hat er sich zu einer Aktiengesellschaft überreden lassen. Er denkt, dass er so einige Millionen Mark schnell zusammen hat. Den Kaufvertrag über knapp eine Million hat er bereits unterschrieben, das Konzept für den Ausbau mit Kosten von 5 Millionen ist bereits erstellt. Ich erledige einige Arbeiten für sein laufendes Geschäft. So nach und nach erfahre ich dann einige weitere Einzelheiten. Er ist privat aus dem Betrieb der Gaststätte bereits total überschuldet und hat die Eidesstattliche Versicherung abgelegt, dass er kein Vermögen mehr besitzt. Da er auch nicht im mindesten Anstalten macht, wenigstens einen Teil meiner Rechnungen zu bezahlen, stelle ich meine Tätigkeit ein. Ein halbes Jahr später kommen zwei Detektive zu mir. Er hat ein Detektivbüro beauftragt, die Leute sollen sein Geld ausfindig machen. Die beiden Männer recherchieren sehr gründlich, machen sich viel Mühe. Auch diese Detektei wollte ihm helfen und hat auf Vorkasse verzichtet. Sie warten heute noch auf ihr Geld. Etwa ein Jahr später muss er dann die Polizei beauftragt haben, auch die rufen bei mir an. Da ich jedoch die Gründung der Aktiengesellschaft nicht miterlebt habe, kann ich keine Aussage machen. Wo die Unterlagen abgeblieben sind, weiss ich nicht. Ich bin mir nur ziemlich sicher, dass der Betroffene auch hier gelogen hat. Er hat das Geld bar mitgebracht, nicht, wie angegeben, überwiesen. Wohin auch?

In einem anderen Fall ist hat die Geschichte schon einen kuriosen Aspekt. Ein Grosshändler für Büroartikel und Büromaschinen ist pleite, alle Waren sind in seinem Lagerhaus gepfändet, erste Etage von einer Bank, Erdgeschoss von einer anderen. Aber es existiert noch ein Zwischengeschoss, auf dem sich auch eine recht wertvolle Maschine befindet. Die wird kurzerhand verkauft, dafür erhält der ehemalige Grosshändler einen Wohnsitz in Spanien. Von dem Geld sieht er nichts. Da der Verkauf natürlich schief geht, denn es existiert eine Liste der gepfändeten Güter, hat dieser Mann sehr bald die Staatsanwaltschaft am Hals. Da er aber in Spanien wohnt und über keine Zustelladresse verfügt, kann er vorerst weiter arbeiten wie bisher.

Mein Ziel ist es, auf eigene Füsse zu kommen, denn ich möchte mit diesen Geschäftspraktiken nichts zu tun haben. Der Konkurs der internationalen Steuerberatungsgesellschaft trifft mich nicht unerwartet, ich bin fast fertig mit dem Aufbau meiner eigenen Firma.
Die Freundschaft zu meiner Kollegin zerbricht, sie ist wohl eifersüchtig und hat Angst, zu kurz zu kommen. Es tut weh, von einer Freundin erwartet man wohl zuviel. Ein Jahr später höre ich wieder von ihr, sie hat versucht, sich umzubringen.

Crime à la carte

In der ersten Zeit sind wir am Wochenende oft bei Familie Unruh im Osten zu Besuch. Wir hatten uns kurz vor meinem Weggang kennengelernt, sie suchten einen neuen Steuerberater. Wir werden uns schnell einig, in der folgenden Zeit wird aus dieser Geschäftsbeziehung eine tiefe Freundschaft. Zusammengebracht hat uns Thomas. Ihn und seinen Freund Harry lerne ich auf der CeBit kennen, als ich noch für die Firma mit den schnurlosen Tastaturen arbeite. Sie wollen in ihrer ganzen Region Fachhändler gewinnen, die als Franchisepartner agieren und damit günstige Einkaufskonditionen nutzen können. Darüber hinaus wollen sie selbständige Handwerker ebenfalls nach diesem System anschliessen und dort grössere Aufträge realisieren. Unter dem Slogan „Wir Ostdeutschen halten zusammen" verkauft sich die Sache ganz gut. Dazu wollen sie noch ein Immobilie erwerben, wo sie dann Schulungen für Existenzgründer und Weiterbildungen anbieten, die mit EU-Mitteln gefördert werden.

Als ich in der Steuerberatungsgesellschaft anfange, sehe ich hier auch für mich eine gute Perspektive, da alle Partner als selbständige Firmen agieren sollen. Und ausserdem möchte ich gern wieder in den Bereich Schulung/Weiterbildung einsteigen.

Das Konzept ist zwar ein wenig grössenwahnsinnig, aber irgendwie vertraue ich zu diesem Zeitpunkt noch etwas auf die Kreativität der Menschen im Osten. Da alles langfristig angelegt ist, fällt auch keinem auf, dass es nicht so richtig vorwärts geht. Da auch alle Beteiligten genügend eigene Probleme haben, stellt niemand Thomas zur Rede.

Als die Realisierung des Konzeptes zu ersten mal ins Stocken gerät, orientieren sich die beiden nach Polen, Handelskontakte knüpfen, evtl. ein Beratungsbüro einrichten. Es passt zwar nicht so richtig ins Konzept, da aber alle Anträge wohl in der Bearbeitung sind, muss man die Zeit ja sinnvoll nutzen. Ausserdem sind sie dort sicher vor irgendwelchen Fragen, das Handynetz ist damals noch recht dünn. Mit welchen Leuten sie sich da eingelas-

sen haben, bemerken wir etwas zu spät. Was im folgenden halben Jahr passiert, passt eher in einen Krimi als ins Leben:
Ich habe, als ich nach Belgien gegangen bin, unseren Nissan Bus voller Klamotten gepackt, die beiden Grossen eingeladen und bin losgefahren. Das war im Februar. Im Juni will ich vor der Bank einparken und reisse mir die gesamte Seitentür auf, weil sich dort eine ca. 40 cm hohe Mauer als Begrenzung befindet, die ich nicht sehe. Den Klang werde ich wohl nicht so schnell vergessen. Für einen Moment bin ich wie gelähmt und möchte nichts als die Zeit um ein paar Minuten zurückdrehen. Es dauert auch einige Zeit, bis ich realisiere, was passiert ist. Die Reparatur würde sechstausend Mark kosten, das Geld habe ich im Leben nicht.
Thomas bietet mir an, mein Auto in Polen reparieren zu lassen. Für diese Zeit leiht er mir seines, einen total heruntergekommenen Renault. Ich greife nach jedem Strohhalm, damit bin ich mein Auto endgültig los.
Der Nissan wird teilweise repariert, dann fehlen einige Teile, die besorgt werden

müssen. In dieser Zeit fährt ihn Krista, eine junge Frau, die uns in Polen beim Aufbau eines Beratungsbüros unterstützen soll (zumindest nach der Version, die mir Thomas erzählt hat). Sie ist einige Zeit bei uns in Belgien, ich lerne ihre Familie in Polen kennen. Irgendwann hat das Auto angeblich einen Motorschaden, ich verlange von Thomas die Herausgabe des Fahrzeugs. Er gerät zunehmend unter Druck, erfindet eine Mafia-Entführung und Krista und ihre Freunde werden festgenommen und ein Ermittlungsverfahren eingeleitet.

Was und wie es so richtig passiert ist, kann im nachhinein keiner mehr feststellen. Jetzt rächt sich, dass sich keiner so richtig darum gekümmert hat, was Thomas wirklich getrieben hat. Er schuldet in Polen angeblich Geld. Wofür, darüber macht er recht unterschiedliche Angaben. Als er nicht zahlen kann, kommt er mit Krista, deren Freund und zwei anderen Polen zunächst zu Familie Unruh. Die haben kein Geld im Haus und schicken ihn weg. Dann schickt Thomas die Polen zu zahlungsunwilligen Kunden seiner Geschäftspartner. Sie sollen dort Geld erpressen und versuchen das offensichtlich auch. Warum sie das tun, darüber haben wir lange spekuliert. Haben sie wirklich zu einer Organisation gehört oder hatten sie einfach nur Angst und sahen keinen anderen Ausweg? Jedenfalls gibt das Anzeigen und ruft die Staatsanwaltschaft auf den Plan.

Thomas wird immer weiter in die Enge getrieben. Er fährt mit den Polen beim Haus von Familie Unruh vor, geht hinein und teilt ihnen mit, die Polen hätten ihn als Geiseln genommen. Sie wollen Geld, eher lassen sie Thomas nicht wieder frei. Nur über die Summe schweigt er sich nach wie vor aus, aber danach fragt in so einem Moment auch keiner. Da die Familie kein Geld da hat, fahren sie weiter.

Zunächst ist unklar, wohin sie fahren, mitten in der Nacht kommen sie in Belgien an. Sie übernachten in irgendeinem Hotel und tauchen gegen mittag bei mir auf. Von mir aus telefoniert Thomas mit dem Bundeskriminalamt in Wiesbaden. Was er denen erzählt, wird nie klar, er ist allein in einem Raum. Es muss wichtig sein, denn ich erhalte einen Rückruf und später im Verlauf der Geschichte auch eine direkte Durchwahlnummer zu einem Beamten. Am Nachmittag stehen zwei Beamte der BSR (belgische Kriminalpolizei) vor meiner Tür und ich werde zur Vernehmung abgeholt. Sie sind innerhalb kürzester Zeit vom BKA informiert worden. Wenn die Amtshilfe derartig schnell greift, kann es wohl nicht nur um eine Lappalie gehen.

Da es mir nicht so vorkommt, als ob die Polen Thomas in irgendeiner Weise bedrohen, wird es eine recht kurze Aussage. Ich bin heilfroh darüber, dass auch auf meine damalige Angestellte die Situation in keiner Weise kritisch wirkt und sie das auch in ihrer Aussage so darstellt. Ich gebe den Polen noch etwas Fahrgeld, dann sind sie weg. Auf der Rückfahrt scheint es sehr lustig zuzugehen, denn alle sind betrunken. So betrunken, dass der Freund von Krista auf einem Parkplatz direkt vor

einen LKW läuft. Danach ist nicht mehr viel von ihm übrig. Die anderen Polen flüchten, sie lassen Thomas zurück. In seiner Aussage ist von einer Entführung angeblich keine Rede mehr.
Gegen die Polen wird jetzt die Fahndung eingeleitet. Am Haus unserer Freunden werden Krista und ihre anderen beiden Begleiter in einer spektakulären Aktion vom Sondereinsatzkommando verhaftet. Der Bericht darüber füllt eine ganze Seite der Lokalzeitung.
Krista bringt sich im Laufe der Ermittlung um, in ihrem Abschiedsbrief steht als Grund, dass Thomas sie als Entführerin dargestellt hat.

Mein Auto ist immer noch irgendwo in Polen. Da ich das Fahrzeug ohne Nummernschilder nicht stilllegen konnte, muss ich eine Strafanzeige wegen Diebstahl durch Unterschlagung stellen, gegen unbekannt, da mir nicht bekannt ist, wer das Fahrzeug derzeitig im Besitz hat. Ein vorheriges Hilfeersuchen an die deutsche Botschaft in Warschau blieb erfolglos. Bei einem Telefonat mit der für die Ermittlung gegen die Polen zuständigen Staatsanwältin teilt mir diese mit, dass die Nummernschilder bei der Staatsanwaltschaft liegen, sie werden später an meine alte Adresse geschickt. In diesem Telefonat vereinbare ich mit der Staatsanwältin, dass ich keine weiteren Schritte zwecks Amtshilfeersuchen an Polen unternehmen werde, da ich der Familie der verstorbenen jungen Frau nicht noch zusätzlichen Ärger machen will.

In den folgenden Wochen ist der Teufel los. Thomas versucht immer noch, sich als Opfer einer Verschwörung darzustellen. Er taucht tagelang unter, muss angeblich zu den verschiedensten Aussagen. Auch Familie Unruh wird mehrmals vorgeladen, worum es genau geht, wird nie so richtig klar, Thomas scheint doch so einige krumme Geschäfte betrieben zu haben.

Wir machen uns Vorwürfe, hätten doch etwas merken müssen. Da er aber genauso gern von seiner Antrittsrede als Bundeskanzler wie von Autoschiebereien erzählt hat, konnte man wirklich schwer filtern.

Da auch noch einige andere merkwürdige Sachen passiert sind, versuchen wir eine Rekonstruktion, was geschehen sein könnte:
Thomas bekommt wohl irgendwann zu Ohren, dass es sehr günstige ausländische Kredite gibt, niedrige Zinsen, moderate Anforderungen an die Antragsteller, Mindestsumme eine Million. Die Mindestsumme schwankt, ansonsten bekomme ich mittlerweile alle halben Jahren mal wieder Kontakt zu Leuten, die solche Gelder angeblich beschaffen können. Es soll Geld sein, was dringend unter die Leute muss. Nur, ohne ein tragfähiges wirtschaftliches Konzept bekommt man kein Geld, und Thomas hat nichts. Diese Gemeinschaft ostdeutscher Betriebe passt da als Konzept, wenn noch Existenzgründungsberatung- und Schulung dazu kommt, sind auch gleich neue Mitglieder der Gruppe da. Sehr bald muss er realisiert haben, dass dieses Konzept eine Nummer zu gross ist. Arbeiten will er ja nicht unbedingt. Er sucht also Leute, die Immobilien besitzen und diese beleihen können, um Geld ein-

zubringen. Damit das nicht gleich so offensichtlich wird, „hilft" er erst einmal beim Aufbau des Geschäfts, sucht ihr Vertrauen und wird bester Freund des Hauses. Mittlerweile hat er wohl Kontakt zu Kleinkriminellen gefunden, eine Betätigungsstrecke wird der Verkauf gestohlener Autos nach Osteuropa. In Ostdeutschland durchaus ein lohnendes Betätigungsfeld, die meisten haben sich erst einmal neue Autos gekauft, zu lange hatten sie nur neidvoll auf die Westautos schauen müssen.

Familie Unruh war zwei Wochen in Israel im Urlaub. Thomas hatte als Freund und Berater in dieser Zeit Zugang zum Haus und auch zum Büro. Als sie zurückkamen war eines der Firmenautos gestohlen worden. Nichtsahnend meldeten sie es der Versicherung, die auch bezahlte. Jetzt haben sie eine Klage der Versicherung wegen Versicherungsbetrug am Hals, angeblich war es ein Auftragsdiebstahl.

Auch einem anderen Geschäftspartner passierte etwas ähnliches, er lieh Thomas sein Auto einige Tage, es wurde gestohlen. Der Versicherung wäre auch in die-

sem Fall zunächst nichts verdächtiges aufgefallen, nur war das Auto war zwei Tage vor seinem angeblichen Verschwinden an der russischen Grenze beschlagnahmt worden. Ihm droht die Vernichtung seiner Existenz, er ist im öffentlichen Dienst.
Die meisten der Fahrzeuge werden nicht gestohlen, das Risiko ist viel zu gross, die Fahndungslisten sind viel zu schnell am Grenzübergang. Am leichtesten sind Fahrzeuge zu „überführen“, deren Besitzer mehrere Tage abwesend sind. Ein guter Freund hat Zugang zu den Schlüsseln und Papieren, eine Vollmacht ist schnell „gefertigt“, wird meistens nicht einmal verlangt, der Grenzübertritt ist nur eine Formsache. Wenn der Besitzer zurückkehrt, liegen Papiere und Schlüssel am ursprünglichen Platz, nur das Auto ist weg. Eine andere Variante ist der „Diebstahl“ von Papieren und Schlüsseln an belebten Plätzen, Flughäfen, Messeparkplätzen, wo das Auto mehrere Tage stehen soll. Hauptsache der Besitzer kann glaubhaft machen, dass er das Auto mehrere Tage nicht im Auge haben konnte. „Opfer“ für diese Machenschaften finden sich genügend,

viele Leute haben sich mit den Raten für ihr Leasingfahrzeug übernommen. „Porsche fahren und kein Hemd überm Arsch." Ist nicht nur eine gängige Redensart.

Auch Leute für die Überführung findet man recht leicht, junge Leute, die keine rechte Perspektive habe, sind dankbar für ein paar schnell verdiente Mark.

Für Thomas sind diese Geschäfte aber wohl nicht so recht gelaufen, er will ans grosse Geld. Will endlich seine Millionenkredite aufnehmen können, oder besser, Dumme finden, die das für ihn tun. Der nächste Schritt seiner Karriere ist wohl dann der Einstieg ins „Clubmilieu". Nur irgendwie gelingt es ihm nicht, hierfür die richtigen Leute zu finden. Wir vermuten mittlerweile, dass auch Krista eigentlich für so einen Club angeheuert wurde. Das würde auch erklären, woher seine Schulden stammen. Nicht aus Polen, sondern aus Deutschland.

„Club" ist bei vielen ein Synonym für sehr viel Geld. Vor allem für viel Geld für wenig Arbeit. Thomas hat ein Gespür für Leute, die eigentlich gern reich wären aber es irgendwie aus eigener Kraft nicht schaf-

fen. Oder Leute, die es schon einmal geschafft hatten. Von beiden gibt es in seiner Umgebung genug. Da er mittlerweile bei Leuten ein und ausgeht, die eigene Immobilien besitzen, kann er sehr gut dafür werben, dass er selbst gerade ein solches Etablissement aufbaut. Selbst auf der Suche nach Mädchen kann er anderen gleich welche mit besorgen. Er findet offensichtlich auch einige, die ihn dafür reichlich mit Vorschuss versorgen.
In Polen hat Thomas Kontakt zu einem Diskothekenbetreiber bekommen, wahrscheinlich durch einen der Interessenten.
Hier lernt er Kristina kennen, ein achtzehnjähriges, nettes Mädchen. Ihre Familie ist arm, in einer Zwei-Zimmer Wohnung mit Wohnküche und Aussentoilette auf dem Hof leben zuletzt sieben Personen, Vater, Mutter, zwei Brüder, eine Schwägerin, Kristina und ein Säugling. Obwohl sie wenig mehr als ein Hemd auf dem Leib besitzen, nehmen sie Steffen auf wie einen Sohn. Sie hoffen, dass er Kristina in Deutschland eine Arbeit besorgen kann. Nur welche Art von Arbeit, darüber lässt Thomas die Familie im Dunkeln.

Kristina hat wohl auch vorher in Polen schon gelegentlich für eine Zuhälter gearbeitet, Thomas eröffnet ihr irgendwann, dass jemand sie „gekauft" hat und viel Geld für sie bezahlt hat. Er ist nur derjenige, der sie mitnehmen soll und ihr sagt, was zu tun ist. Wenn sie nicht willig ist, wird ihrer Familie etwas zustossen. Für seine Geschäftspartner ist Kristina diejenige, die in Polen alle Kontakte hält. Den anderen sagt er, dass sie mit ihren Kontaktleuten die Mädchen besorgt. Überall stellt er es so dar, dass er nur der Vermittler ist, das bekommt er eine zeitlang prima hin. Ein paar Monate kann er auch seine Geldgeber hinhalten, nur dann wird es eng. Sie wollen entweder die Mädchen oder ihr Geld zurück. Er lockt Kristina und deren Freunde unter irgendeinem Vorwand nach Deutschland und zettelt hier die Entführungsgeschichte an. Zu den Erpressungen bekommt er sie wohl nur mit dem Vorwand, sie müssten Strafe bezahlen, weil sie keine Mädchen gebracht haben. Am Ende hat er diese ganze Geschichte wohl selbst nicht mehr unter Kontrolle.

Im nachhinein passieren dann noch so einige dubiose Geschichten. Familie Unruh erhält eine Auftragsbestätigung aus dem tiefsten Russland für die Lieferung einer grossen Menge Wodka. Was sie zunächst für einen Scherz halten, wird bald bitterer Ernst. Die Zollfahndung taucht auf und will nähere Angaben über den Verbleib der Ware haben. Die Lieferung ist tatsächlich erfolgt, nur an wen geliefert wurde, und wer demnach den Einfuhrzoll zu bezahlen hat, bleibt bis heute im Dunklen. Der für die Bestellung benutzte Briefbogen ist dem Firmenbogen unserer Freunde „nachempfunden", die Unterschrift ebenfalls.

Viele Fragen bleiben bis heute offen.

.... Dinge zu ändern, die ich ändern kann

Als wir zwei Jahre später die Nachricht bekommen, dass Thomas im Auto beim Überholen mit einem Fahrzeug aus dem Gegenverkehr zusammengestossen ist und das nicht überlebt hat, ist der erste Gedanke der an eine höhere Macht.

Warum hast du nicht eher gemerkt, dass Thomas nur ein Hochstapler war, und dann noch ein sehr schlechter?

Mir fehlte erhebliche Erfahrung, was die Einschätzung von Hochstaplern betrifft. Andere hatten so etwas mit der Muttermilch eingesogen, ich musste einen crashkurs absolvieren. Und dann fehlte Thomas ein sehr wichtiges Assecoire – ein schickes, neues Auto. Das lag wohl an seiner Herkunft.

Dazu kommt noch, Thomas war ein Strohhalm, an den ich mich klam-

mern konnte, um bei meinem Weg ans Ufer nicht ganz in der Luft zu hängen. So ging es wohl auch allen anderen Beteiligten.
Da will man nichts sehen. Sonst nimmt man sich selbst die Hoffnung.

Wieso?

Nachdem die Gesellschaft in Belgien sich als eine Sandburg erwies, stand ich erstmal wieder vor dem Abgrund. Es ist nicht so leicht, sich aus dem Nichts einen Mandantenstamm aufzubauen, noch dazu, wenn man im Ausland sitzt und niemanden kennt. Ich weiss heute wirklich nicht mehr, wie ich diese Zeit überlebt habe. Wenn ich jemandem erzähle, wieviel Geld ich tatsächlich zur Verfügung hatte, ernte ich ein ungläubiges Schmunzeln. Mit Sozialhilfe wäre ich reich gewesen.
Solche Zeiten kann man nur überleben, wenn man Hoffnung vor Augen hat, und den unbedingten Glauben daran, dass bessere Zeiten kommen.

Kleine Kinder, kleine Sorgen.....

Mit meinen älteren Kindern ist es in der Anfangszeit nicht einfach. Sie vermissen ihren Vater und ihre Freunde. Kerstin hat riesige Probleme in der Schule, sie will mich wohl unbewusst zur Rückkehr zwingen. Das Gras auf der anderen Seite des Flusses ist immer grüner.
Den Zwillingen fällt es etwas leichter, sie finden schnell Freunde, unser Haus ist ständig voller Kinder. Sie sind sehr anlehnungsbedürftig, kuscheln für ihr Leben gern, das ist bis heute geblieben. Sie haben eine Art, dass man ihnen einfach nicht böse sein kann. Wenn ich traurig bin kommt eine der beiden und gibt mir einen Kuss. Sie schaffen es, dass ich immer wieder fröhlich werde. „Mückchen, Spinnchen, Alpträumchen" ist so eine Art, nach einer Stunde im eigenen Bett wieder bei mir

einzuziehen. Vor lauter Lachen kann man dann schon garnicht mehr nein sagen.

In den Ferien sind sie bei ihrem Vater. Nach den Ferien wechselt Kerstin in eine Schule, in der sie Beruf und Abitur machen kann. Die praxisbezogene Ausbildung macht ihr Spass, sie gewinnt wieder Boden unter den Füssen, unser Verhältnis bessert sich.

Ich versuche wieder ein Spagat und behalte zu meinem Mann ein relativ gutes Verhältnis. Er besucht uns regelmässig, wenn wir in Greifswald sind, wohnen wir in unserem Haus. Die Kinder sollen ihren Vater behalten. Solange unser Gespräch nicht auf irgendwelche finanziellen Belange kommt, verstehen wir uns.

Wenn es einmal ganz schlimm ist und ich wirklich nicht weiss, wie es weitergehen soll, habe ich Wachträume, ein kleiner Bauernhof in Südungarn mit Pferden und vielen Kindern, die hier ein Zuhause finden. Ich messe dem keine Bedeutung weiter zu, nach Südungarn habe ich nie einen Bezug gehabt.

Neue alte Partner

Ich habe mittlerweile einen neuen Geschäftspartner gefunden. Wir ergänzen uns
sehr gut, er berät Leute, die sich selbständig machen wollen, ich kann sie betreuen.
Ich bekomme Einblick in einen Bereich,
den ich bisher noch nie bearbeitet habe.
Ich lerne einen Menschen kennen, der von
„ganz oben" als General Manager einer
grossen Getränkefirma nach sehr weit unten gerutscht ist.
Mich interessiert er, weil er mir erzählt,
dass er während des Krieges in Ex-
Jugoslavien Medikamententransporte organisiert hat.
Nach der Wende hat er auch zu den
Glücksrittern im Osten gehört, hat in kurzer Zeit 9 Millionen verdient, aber 40
Millionen ausgegeben. Er war in einen der
grössten Skandale der Nachwendezeit
verwickelt, ist aber mit einem blauen Auge davongekommen. In Deutschland kann
er keine Firma mehr betreiben, er kann
offensichtlich noch nicht mal ein Bank-
konto eröffnen.

In Sachen Finanzierung und Subventionen
hat er einen riesigen Erfahrungsschatz.
Mir ist dieses Metier noch fremd, aber ich
lerne sehr viel.
Oskar verdient gut, aber er will immer
noch zu „denen da oben" gehören, und
diesen Ansprüchen wird er nicht mehr ge-
recht. Es ist manchmal nur noch peinlich,
ihm dabei zuzusehen, wie er sich abstram-
pelt. Ein Büronachbar kommt aus Hessen,
da gibt es einen schönen Spruch „Mit de
grosse Hunde pisse gehe und das Bein net
hebe kenne".
Ich habe mich auf Firmen spezialisiert, die
in Belgien und Deutschland tätig sind, der
ganze Komplex Doppelbesteuerung. Das
ist ein Gebiet, auf dem wenig Konkurrenz
herrscht.
Wir gründen gemeinsam eine Gesellschaft
und kaufen ein Haus als Firmensitz. Ich
will vorerst dahin umziehen und dann die
gesamte Firmenbetreuung von zu Hause
aus erledigen. Später will ich eventuell
selbst bauen. Es gibt hier spezielle Programme für kinderreiche Familien Wir
beantragen mehr Kredit als für den Kauf
benötigt wird, um für die Renovierung

Geld zu haben. Oswald kann das Geld auf dem Konto nicht sehen, er muss es ausgeben. Ich hatte die Summe, bei der er schwach wird, mit einer Null zuviel angesetzt. Es geht ihm noch dreckiger als ich vermutet habe. Ich schaffe die Renovierung auch aus eigener Kraft. Es dauert nur viel länger als nötig.

Einer, der mir bei der Renovierung viel hilft, ist Manfred, ein Unikum. Er hatte sich gleich am Anfang auf eine meiner Annoncen gemeldet. Nach längerer Pause meldet er sich plötzlich wieder, macht eine Baufirma auf. Er ist das Grauen jeder halbwegs gutbürgerlichen Lebenseinstellung. Allein sein Anblick verletzt alle Regeln des guten Geschmacks. Seine geschäftlichen Aktivitäten sind ein Horror für jedes Finanzamt, wenn Krankenkassen seinen Namen hören gehen dort sämtliche Alarmlampen an. Auch er lebt nur von der Hand in den Mund, immer nach dem Motto ich habe nichts, also kann mir niemand etwas nehmen. Aber er ist in seinen Grenzen ein guter Freund. Da er überall-

hin Kontakte hat und Gott und die Welt
kennt, bringt er Leute mit, die später Mandanten werden. Einige, die im gleichen
Milieu verkehren wie er, machen mir nach
kurzer Zeit nur noch Ärger, aber es kommen auch andere. Seine Kurzbesuche am
Wochenende werden für einige Zeit zum
Ritual. Wenn ich mal wieder ein neues
Auto brauche, wende ich mich in Zukunft
vertrauensvoll an ihn, es ist wirklich erstaunlich, was er so alles möglich macht.
Er zieht mit seiner Familie auch nach Belgien. Seine Frau verlässt ihn wenig später,
er soll die eigenen Kinder belästigt haben.
Es ist schwer vorstellbar, eine Anzeige
gibt es nicht. Ich habe heute noch Horror,
wenn ich daran denke, dass auch meine
Kinder dort manchmal übernachtet haben.

Das eher unbekannte Belgien – eine kurze Milieustudie

So langsam lässt auch das Misstrauen der belgischen Behörden etwas nach. Hier ist jemand neues, Ausländer, noch dazu jemand, der mit einer kriminellen Firma in Zusammenhang gebracht wird, nicht gern gesehen. In vielen Bereichen fühle ich mich wie „zu Hause in der DDR". Finanzamt und Polizei sind Autoritäten. Am Anfang machen sie mir grosse Probleme, wenn es für mich einen Ausweg gegeben hätte, wäre ich wohl wieder weggezogen. Es dauert eine Weile, bis ich einige Spielregeln begreife, danach geht es besser.

Vieles, was ich hier erlebt habe, passt eher in einen totalitären Staat als in die Hauptstadt der EU. Was sich die Staatsbeamten hier teilweise herausnehmen würde in Deutschland einen Medienskandal verursachen. Hier in Belgien sind die Leute anders, sie üben eher passiven Widerstand, weichen in Gebiete des Landes aus, wo andere Mentalitäten das Sagen haben, zahlen oder arrangieren sich anderweitig. Wehren wollen sich wenige.

Einen Fall erlebe ich am eigenen Leib. In den ersten Jahren habe ich sehr hohe Forderungsausfälle, die ich in der Steuererklärung auch angebe. Das hat zur Folge, dass einer der Beamten mehrere Tage bei mir im Haus zubringt, um zu überprüfen, ob ich von dem Geld überhaupt leben konnte. Ich muss wirklich jeden einzelnen Posten belegen. Selbst bei Sachen, die meine Eltern den Kindern gekauft haben, soll ich nachweisen, dass ich es nicht selbst getan habe. Möbel, die ich geschenkt bekommen habe, werden einfach mit irgendeinem fiktiven Preis angesetzt. Eine eidesstattliche Erklärung, dass mir die Sachen geschenkt wurden, wird einfach nicht akzeptiert. Ich begreife langsam, wie sich einige Leute in der DDR gefühlt haben müssen. Die Ohnmacht, die man in solchen Momenten empfindet ist einfach grenzenlos. Nach mehreren Tagen kommt der Mensch zu dem Ergebnis, dass ich wohl mit meinem Geld ausgekommen bin. Als ich dann allerdings den Steuerbescheid in den Händen halte, bin ich wirklich für einige Minuten sprachlos, eine eher seltene Erscheinung.

Dieser Inspektor erkennt nicht einen Franken meiner unbezahlten Rechnungen an und ich soll noch mehrere hunderttausend Franken Steuern bezahlen für Geld, was ich nie erhalten habe. Nicht einmal Bescheinigungen eines Konkursverwalters erkennt er an.

Das reicht, ich nehme mir einen Anwalt und gehe gegen das Finanzamt vor. Der Ausgang des Prozesses ist offen. Ich bin kein Einzelfall, viele Firmen haben diegleichen Probleme.

Wenn man Deine Zeilen über Belgien liest fragt man sich, warum Du nicht wieder weggegangen bist?

Wohin hätte ich gehen sollen? Nach Greifswald zurück?

Warum nicht?

Ein Grund, warum ich endlich den Absprung aus meiner Ehe geschafft hatte, war doch die Entfernung. Es wäre unmöglich gewesen, meinen Mann aus dem gemeinsamen Haus herauszubekommen. Und noch jahrelang in einem Haus getrennt zusammenleben, das hätte ich nie im Leben durchgestanden. Also war ich gegangen. Wieder zurückgehen hätte für mich das Eingeständnis bedeutet, dass ich gescheitert bin und damit Selbstzerstörung.

Du hättest auch irgendwo anders hingehen können.

Ich hatte mich gerade beruflich halbwegs etabliert, in einem Beruf, der mir Spass macht und den ich damals in dieser Form in Deutschland nicht hätte ausüben können. Mit vier Kindern sind aber die Möglichkeiten, Arbeit zu finden, nicht gerade dicht gesät.

Und irgendwo anders in Deutschland hätte nicht nur das Problem Arbeit sondern auch noch das Problem

Wohnung im Raum gestanden. Hier ergibt sich, wenn man aus dem Ausland wieder zuziehen will, ein Teufelskreis: Auf dem normalen Wohnungsmarkt gibt es für eine alleinstehende Frau mit vier Kindern keine bezahlbare Wohnung. Ohne Wohsitz in Deutschland bekommt man keinen Berechtigungsschein für eine Sozialwohnung. Ohne Wohnung bekommt man keinen Wohnsitz. Wenn man eine kleinere Wohnung mietet, ist es dasselbe. Man bekommt keine Genehmigung, in einer kleineren Wohnung alle Personen anzumelden. Ohne Abmeldung im Ausland kann man aber auch keine einzelne Person anmelden. Wenn man sich abmeldet, wohnen im Ausland dann auf einmal vier minderjährige Kinder allein. Es klingt lustig, kann aber zu einem Alptraum werden, wenn man sich für diesen Weg entscheidet.

Klingt irgendwie unglaublich.

Ist aber wahr. Der einzige Weg zurück wäre über ein Frauenhaus gewesen. Was für die Kinder nicht zumutbar gewesen wäre, die hatten sich ja mittlerweile hier eingelebt, waren in der Schule integriert, hatten Freunde gefunden. Sie hätten sicher wenig Verständnis aufgebracht.

Du bist also Deinen Weg gegangen?

Ja, ich denke, man muss lernen, seine Kräfte einzuschätzen und Prioritäten zu setzen. Wenn man ein Ziel vor Augen hat, muss man auch darauf hinarbeiten. Man kann sicher einige Umwege in Kauf nehmen, wenn die äusseren Umstände das erforderlich machen. Aber man darf nicht den Fehler machen, das Ziel selbst permanent in Frage zu stellen, sich auf Nebenschauplätzen verzetteln oder Fehler, die man auf dem Weg gemacht hat, rückwirkend korrigieren wollen. Man kann sich nicht ständig nach hinten umdrehen und nach vorn laufen.

Kannst Du diesen Weg anderen empfehlen?

Man sollte sich nicht aus Abenteuerlust oder Frust auf den Weg in ein anderes Land machen. Denn einige solche Erlebnisse haben fast alle, die die Niederlassungsfreiheit innerhalb der EU für bare Münze nehmen. Wer allerdings geht, weil er sich selbst weiterentwickeln will, weil er zu sich selbst finden will und seine Grenzen erfahren möchte, für den gibt es wohl keine bessere Möglichkeit.

Einen anderen Bekannten trifft es noch viel härter. Er hat ein Ladenlokal gemietet, die vorderen Räume hat er an eine Frau untervermietet, sie betreibt ein Antiquitätengeschäft. Er hat im hinteren Teil sein Büro abgetrennt. Irgendwann bezahlt er eine Rechnung von ein paar tausend Fran-

ken nicht, der Gläubiger erwirbt gegen ihn
einen Titel.

Dann macht er einen Fehler, er verreist für
ein paar Wochen. An einem Samstagmor-
gen spielt sich dann ein bühnenreifes
Drama ab. Ein Gerichtsvollzieher in dik-
kem Mercedes fährt mit Polizeieskorte
vor. Im Schlepptau einen grossen Möbel-
wagen, da bereits von aussen sichtbar ist,
dass sich im Laden grössere Stücke befinden. Die Tür wird von der Polizei erbro-
chen, da niemand anwesend ist. Im hinteren Büro wird zuerst gesucht, aber dort
befinden sich nur einige wertlose Möbel-
stücke und ein älterer Computer. Die Be-
gehrlichkeit lag aber wohl von Anfang an
auf anderen Stücken. Obwohl gut sichtbar
ist, dass eine Abtrennung zwischen Büro
und Antiquitätenladen besteht, beginnt der
Gerichtsvollzieher unter den Augen der
Polizei, den Antiquitätenladen auszuräu-
men. Mittlerweile ist die Inhaberin des
Ladens eingetroffen, und obwohl sie den
Mietvertrag und ihren Handelsregisteraus-
zug vorlegt, räumen die Polizeibeamten
weiterhin kräftig mit aus. Die Frau wird

als deutsche Hure beschimpft und kann zusehen, wie ihre Existenz venichtet wird. Das delikate an dieser Sache ist, der Gerichtsvollzieher leitet selbst Auktionen, ist also bestens über den Wert der Antiquitäten informiert. Trotzdem räumt er den gesamten Laden aus, obwohl die zu begleichende Forderung nur einen Bruchteil des Wertes der Antiquitäten ausmacht.

Die Versteigerung wird denn auch gleich zwei Tage später angesetzt, ein Schelm wer arges dabei denkt. An diesem Tag wäre wohl der gesamte „Trödel" für die Summe verkauft worden, die in dem Titel stand.

Ein Anwalt kann gerade noch die angesetzte Versteigerung der Antiquitäten verhindern. Vor Gericht zieht sich die Klage auf Herausgabe hin. Letztendlich soll die Frau noch die Lagerkosten für die Antiquitäten bezahlen. Eine Strafanzeige wird wegen „Geringfügigkeit" zurückgewiesen. Auch das scheint kein Einzelfall zu sein. Gerichtsvollzieher pfänden hier wohl öfters Gegenstände, die offensichtlich anderen gehören. Da können dann schon lustige Sachen passieren. Ein Vermieter verklagt einen säumigen Mieter und steht auf einmal vor einer leeren Wohnung, die er möbliert vermietet hatte. Der Gerichtsvollzieher hatte die Möbel gepfändet, abgeholt und versteigert. Der Vermieter hat zwar am Ende die rückständige Miete, aber er muss die Wohnung neu einrichten. Man kann wirklich auf den Gedanken kommen, in Belgien gibt es Diebe, die werden von der Polizei verfolgt. Und es gibt Räuber, denen öffnet die Polizei noch die Tür, weil sie unter dem Deckmantel staatlicher Obrigkeit agieren. Gerichtsvollzieher ist in Belgien ein freier Beruf.

Die Geschichte klingt ja wie ein Märchen.

Mich erinnert gerade diese Sache sehr an die DDR. Wenn hier bestimmte Leute ihren Blick auf das Eigentum anderer geworfen hatten, gab es bestimmt einen Grund, denjenigen zu verurteilen und einen Teil der Gegenstände dem Bereich KoKo „zuzuordnen". Gerade im Bereich Kunst-

gegenstände sind hier nach der Wende ja mehrere Fälle hochgekommen.

Ähnliche Strukturen könnten auch hier eine Rolle spielen, da es unter Insidern Tips gibt, wo man günstig an Antiquitäten kommt. Komischerweise in der Stadt, wo auch üblicherweise Versteigerungen angesetzt werden.

Wie ist das möglich?

Im Prinzip sind das genau die Strukturen, die andererseits viele Entscheidungen in Belgien sehr erleichtern, es gibt prinzipiell eigentlich für alles einen Weg, wenn man weiss, wen man fragen muss. Der „kleine Dienstweg", ohne viele zwischengeschaltete Beamte. Ein allgemeingültiger „code civil", der viele Verantwortungsgebiete mit dem Begriff eines „Guten Hausvaters" regelt, macht es möglich.

„Guter Hausvater"?

Mit diesem Begriff sind tatsächlich in vielen Arbeitsverträgen Rechte und Pflichten der leitenden Angestellten charakterisiert. Gemeint ist wohl, man hat sich für die Belange seines Dienstherrn so zu engagieren, wie für seine eigene Familie als Familienoberhaupt. Nur, was charakterisiert heutzutage einen guten Vater?

Gibt es keine Möglichkeit, solche Fälle öffentlich zu machen?

Auffällig ist, als Betroffener bekommt man von irgendwelchen Organisationen, wie Verbraucherschutz oder auch von der Lokalpresse wenig oder gar keine Unterstützung. Diese Menschen arrangieren sich lieber als dass sie Leute, die hier als unangreifbar gelten, offen kritisieren. Was sicher auch mit der Bevölkerungsstruktur zusammenhängt. Man ist hier über einige Ecken mit mehr oder

weniger allen Einheimischen verwandt.
Und das, wo Belgien sich auf die Fahnen geschrieben hat, Menschenrechtsverletzungen auf der ganzen Welt in Belgien zur Anzeige zu bringen?

Belgien hat hier vielleicht auch das Image eines Paradebeispiels an Demokratie, weil in der Hauptstadt Brüssel fast sämtliche Europäischen Institutionen vertreten sind. Da ist man dann über derartig veraltete Strukturen doppelt schockiert.
Man darf dabei aber nicht übersehen, dass die Gräben zwischen den Bevölkerungsgruppen in Belgien selbst sehr tief und unversöhnlich sind. Und eine solche Gruppe, die sich selbst permanent benachteiligt fühlt, nutzt dann eben ihre „Übermacht" aus, um wenigstens Zugezogene zu tyrannisieren. Einen Satz finde ich treffend „Nichts darf, alles kann."

Gib mir die Weisheit .....

Ich ziehe für mich die Konsequenzen und arrangiere mich so gut es geht. Als gelernter DDR-Bürger ist man das gewohnt. Und die meisten Deutschen, die hierhergekommen sind, machen es genauso. Denn trotz allem ist das Leben hier in Belgien ruhiger, weniger hektisch, und wenn man weiss wie, sind hier viele Sachen möglich, die in Deutschland undenkbar sind. Das sind zwei Seiten einer Medaille.

Ich werde Mitglied der belgischen Berufsvereinigung der Steuerberater. Die regionale Wirtschaftsförderungsgesellschaft fragt, ob ich in ihrer Initiative für die Neuansiedlung von Firmen als Beraterin mitarbeite. Wie man sich vor überhöhten Steuerbescheiden schützt, weiss ich mittlerweile. Und von gierigen Gerichtsvollziehern muss man sich eben fernhalten, indem man nirgends Zahlungsrückstände hat.

Es bleibt manchmal ein mulmiges Gefühl, aber einen idealen Staat gibt es eben nicht. Jedes Land hat Vor- und Nachteile, und bei wirtschaftlichen Problemen ist wohl

nirgendwo auf der Welt das Schlaraffen-
land.

Alte Freunde

Ich habe wieder Kontakt zu einem alten
Schulkumpel bekommen, er ist ebenso
lange in Düsseldorf wie wir in Belgien.
Als wir uns das erste mal wiedersehen, ist
es, als ob wir vor zwei Wochen das letzte
mal miteinander geredet hätten. Es sind 15
Jahre vergangen, wie wir entsetzt feststellen müssen. Er hat auch eine recht be-
wegte Zeit hinter sich. In der Schule waren wir erst Intimfeinde, dann später beide
Querköpfe, für ihn galt damals dasselbe
wie für mich, zu gute Leistungen um ge-
feuert zu werden. Ich erinnere mich noch,
dass ich beim Skatspiel haushoch gegen
ihn verloren habe, weitere privaten Kontakte hatten wir nicht. Nach der Schule
haben wir uns aus den Augen verloren,
beim ersten Klassentreffen hörte ich nur
hinter vorgehaltener Hand, er solle in
Schwedt im Militärknast sein. Bei seinem
grossen Mund kein besonderes Wunder.
Er hat dann in Rostock studiert und hat

wie viele Leute im Osten nach der Wende einen ersten Dämpfer bekommen. Das Institut, in dem er gerade promovieren wollte, wurde geschlossen. Er ist in den Westteil des Landes gegangen und hat dort seine Chance genutzt. Als wir uns wieder begegnen ist er gerade dabei, sich selbständig zu machen. Aus seinem Munde erfahre ich dann auch die ganze Story mit Schwedt Er ist heute noch stolz, dass er mit „Erziehungsziel nicht erreicht" entlassen wurde. Mittlerweile ist er „meine beste Freundin", diese Bezeichnung trifft unser Verhältnis am besten.

Ende einer Ehe

An meinem fünfunddreissigsten Geburtstag besucht uns mein Mann. Als er zurückfahren will, fängt er wieder eine Diskussion über unser weiteres Zusammenleben an. Es wird ein langer Streit, danach ist für mich diese Beziehung endgültig beendet. Es hat lange gedauert, ist eben doch nicht so einfach, sich nach fast 15 Jahren vollständig zu lösen. Ich schwöre mir, die nächsten zehn Jahre keine Beziehung mehr einzugehen.

Dieser Schwur hält genau zwei Tage.

Ich war ziemlich sicher, dass ich meinem Traummann in diesem Leben nicht mehr begegnen werde. Und an Liebe auf den ersten Blick hatte ich bisher auch nicht geglaubt. An diesem Nachmittag muss ich mich eines besseren belehren lassen. Und ich erfahre die Weisheit des Ausdrucks „Sage niemals nie" am eigenen Leibe.
Als Christian vor mir steht muss ich mich ziemlich zusammenreissen, dass ich nicht weiche Knie bekomme, er zieht mich irgendwie magisch an. Der Abend mit ihm ist phantastisch, ich vergesse alle Sorgen und bin einfach nur glücklich. Das ganze Problem unseres Umzugs hatte mich in den letzten Wochen fast erdrückt, auf einmal wird es ganz leicht. Ich kann nach vielen Wochen zum ersten mal wieder völlig befreit lachen.
Zum Umzug selbst hat er dann keine Zeit. Warum, wird mir erst später richtig klar. Ich ziehe also mit meinen grossen Kin-

dern, ein paar von deren Freunden und dem Fiat-Transporter von Manfred um. Meine Freundin Marina behält die Zwillinge übers Wochenende. Einen grossen Teil unserer Möbel verfrachten wir auf den Sperrmüll, es hat sich schon wieder viel zuviel angesammelt. Bis das Haus leer ist vergehen noch zwei Wochen, Marina hilft mit dem letzten Rest. Im neuen Haus stapeln sich die Kisten, Normalität ist für einige Wochen ein Fremdwort.
Ich bemerke völlig neue Seiten an mir. Auf einmal macht es mir Spass aufzuräumen, wo ich doch sonst eher eine miserable Hausfrau bin. Ich ziehe mich sexy an, gehe nicht mehr ohne Schminke aus dem Haus. Ich habe das Gefühl, dass ich mich bei Christian zum ersten mal in meinem Leben völlig fallenlassen könnte. Es ist da Bild einer Brücke, in der Mitte ein Bungeeseil. Bisher bin ich immer vor dieser Brücke stehengeblieben und habe mich ins Gras gesetzt. Die Männer sind auf die Brücke gelaufen und hinuntergesprungen. Manchmal habe ich gern zugesehen, meistens war ich in diesem Moment schon froh, dass es vorbei war.. Die meisten ha-

ben wohl nicht einmal bemerkt, dass ich nicht mehr da war. Bei Christian fühle ich, dass ich wohl keine Chance habe, stehenzubleiben. Er würde mich in jedem Fall mitnehmen.
Meine Kinder bemerken meine gute Laune, wir zoffen uns fast nicht mehr.
Sehr bald merke ich, dass die schöne Fassade von Christian nur ein Trugbild ist. Mich stört das nicht, ich liebe ihn, nicht seine Fassade. Nur er lebt in seiner Traumwelt und verstrickt sich immer tiefer in seine Lügen. Mir hat er Freundschaft angeboten, er lebt noch mit einer anderen Frau zusammen. Ich geniesse meine Gefühle, versuche auch eine gewisse Zeit, ihm aus seinen Schwierigkeiten herauszuhelfen Ich sage ihm, dass ich den Müll aus der Tür räumen muss, bevor ich sie zumachen kann. Ich habe meine Gefühle noch nicht im Griff, gehe ihm aus dem Weg, wo ich kann. Da ich übergangsweise mit in seinem Büro arbeite, ist das nicht ganz einfach. Es wird trotzdem eine Zeit mit viel Fröhlichkeit.
Er scheint mit seinem Freundschaftsangebot auch nicht sehr glücklich zu sein.

Es kommen immer neue Horrorgeschichten. Jetzt ist sein Kind krank, das im Ausland bei den Eltern der verstorbenen Mutter lebt. An diesem Punkt bin ich verwundbar, Leid von Kindern kann ich nicht ertragen. Er fährt zu seinem Kind, das Kind stirbt. Zwei Wochen später bemerke ich den Verlust meiner Kreditkarte.
Langsam kommen mir Zweifel, ob es dieses Kind überhaupt gibt. Ein ungeheuerlicher Verdacht, aber zu viele Sachen passen nicht zusammen. Ich überlege lange, wie man an so eine Information kommen könnte. Das einfachste wäre, direkt bei der Familie anzurufen, die Adresse der Tante und deren Telefonnummer habe ich. Aber man kann doch nicht einfach bei einer Familie anrufen und fragen, ob bei ihnen ein Kind gestorben ist. Eine Bekannte kommt auf eine ziemlich weibliche Idee. Ich soll doch anrufen und fragen, ob sie mir ein Bild der Kleinen schicken können. Meine Kinder und ich haben grossen Anteil an ihrem Schicksal genommen und wir wollen gern für sie beten. Die „Tante" des Kindes ist eine Frau, die er heiraten will. Sie weiss von seinem (angeblichen) Kind,

aber das lebt in einem anderen Staat. Er hat sich überall eine Hintertür für gelegentliche Fluchten offengelassen.

Irgendwelche Erklärungsversuche kann er sich ab sofort schenken. Von Bekannten höre ich noch ab und zu etwas über ihn, von seiner guten Laune, die ich an ihm so geliebt habe, ist nicht viel übrig. Er rutscht immer tiefer, seine alten Betrügereien holen ihn ein, neue kommen dazu. Ich zeige ihn wegen Kreditkartendiebstahl an.

Am Ende dieser Beziehung habe ich lange zu leiden, manchmal ist mir, als hätte ich das Lachen auch aus meinem Leben herausgeschnitten. So habe ich noch keinem Menschen hinterhergetrauert. Lange bin ich mir nicht sicher, dass ich ihn wegschicken könnte, wenn er vor der Tür stehen würde.

Aber es hat auch ein Gutes, ich werde härter und lerne endlich, auch mal meine Interessen in den Vordergrund zu stellen. Ausnutzen wird mich nicht nochmal jemand.

Scheidung auf europäisch

Mittlerweile habe ich die Scheidung eingereicht, mein Mann reagiert nicht. Als er feststellt, dass Christian aus meinem Leben verschwunden ist, macht er einen letzten Versuch. Er will auch zu uns ziehen und sich hier einen Job suchen. Ich lebe ich in einem recht schönen Haus, fahre ein grosses Auto und habe offensichtlich auch nicht mehr die finanziellen Probleme wie in der Anfangszeit.
Ich erwirke einen Titel wegen Unterhaltszahlung. Das Urteil, spiegelt den Zeitgeist im Osten wider – (angeblich) reiche West-Tussi verklagt bettelarmen Ossi. In einem seiner Schreiben fordert er von mir und den Kindern Unterhalt für sich, als das offensichtlich aussichtslos ist, will er das Sorgerecht für die Kinder haben. Wie tief können Menschen sinken!
Mir kommt irgendwann ein Satz in den Sinn, dessen Herkunft ich bis heute nicht zuordnen kann: „Er wird bekommen, was er zu geben bereit war". Etwas, was ich

jedem Menschen wirklich von ganzem Herzen gönnen kann.

Warum hast Du nicht eher die Scheidung eingereicht, sondern Deinen Mann noch mehrere Jahre bei Dir im Haus ein- und ausgehen lassen?

Als ich nach Belgien kam stand ich vor wirklich existentiellen Problemen, wusste kaum, wie wir jeden Tag etwas zu essen kaufen sollten. In dieser Phase, wo ich schon an zwei Fronten Krieg führen musste (Existenz und belgische Behörden), wollte ich nicht noch an einer dritten Front anfangen. Da habe ich lieber die Kröte geschluckt und um jeden Preis ein gutes Verhältnis behalten.

War der Preis nicht sehr hoch?

Sicher. Es ging auf Kosten des Verhältnisses zu meinen Kindern, die mich anfangs für viele Probleme ver-

antwortlich gemacht haben. Mir hat es schon gestunken, dass ihr Vater keinen Pfennig Unterhalt zahlt und mietfrei wohnt, nur ich habe meinen Ärger heruntergeschluckt. Aus heutiger Sicht zum Teil falsch. Als ich irgendwann die Kinder eingeweiht habe, war aber Ruhe.

Würdest Du aus heutiger Sicht sagen, es war generell ein Fehler?

Meine Scheidung dauerte insgesamt drei Jahre, ein Jahr lang bin ich daran psychisch fast zusammengebrochen. Ich denke, dass ich ein halbes Jahr früher dadurch wahrscheinlich meine gesamte Existenz wieder verloren hätte. Der grosse Zoff kam aber zum Glück erst, als an dieser Front halbwegs Ruhe herrscht. Ich hatte geahnt und befürchtet, dass es so eine Schlammschlacht wird, letztendlich aber doch auf eine friedliche Lösung gehofft. Mit den Problemen, die dann wirklich aufgetreten sind, hätte *ich allerdings in meinen bösesten Träumen nicht gerechnet.*

Welche Probleme?

Es hat sich gerächt sich, dass ich meinem Mann so lange Zugang zu unserer Privatsphäre gewährt habe. Er ist in seinen Anschuldigungen vor nichts zurückgeschreckt.
Manchmal hatte ich wirklich das Gefühl, die Richter stehen voll auf seiner Seite. So ein Gefühl, die ganze Welt hat sich gegen einen verschworen.

Was natürlich Blödsinn ist?

Ich weiss mittlerweile, dass es teilweise einfach die Unsicherheit und Hilflosigkeit ist, die hier Blüten treibt. Man ist mit solchen Fällen einfach noch nie konfrontiert gewesen. Amtshilfe im Ausland – Oh-Gott!!! Da soll ich mit den Kindern dann schon mal nach Greifswald

kommen zur Befragung, nur weil man
nicht ins Ausland telefonieren darf.
Und dann muss für Amtshilfe im
Ausland sicher ein bestimmtes For-
mular verwendet werden, nur wie
sieht das wohl aus??
Dass es auch in Deutschland Städte
gibt, die recht grenznah sind, auf diese Idee kommt von allein niemand.

Denkst Du wirklich, dass die Unsicherheit so gross ist? Oder spielen
andere Faktoren auch eine Rolle?

Die Anwältin meines Mannes schien
froh zu sein, dass sie mit ihm recht
viel Arbeit hatte. Er erhielt Prozesskostenhilfe, sie also sicher ihr Geld.
Also dann mal los und fleissig einst-
weilige Verfügungen beantragen! Ich
hatte ja keine Ahnung, um was man
sich so streiten kann. Und wie bieg-
sam deutsche Gesetze sind. Oder
doch, das wusste ich schon vorher.
Ich kenne allerdings keinen weiteren
Fall, in dem Prozesskostenhilfe so
grosszügig gewährt wurde. Andere

Leute müssen dort mühsam um jeden Pfennig kämpfen. Da kommen dann schon mal Gedanken, dass hier politische Kräfte am Wirken sind, für die wir wohl Republikflüchtlinge sind. Oder eben der Ost-West Konflikt im Kleinen.

Warum hast Du nicht nachgegeben?

Irgendwann war ich an einem Punkt, wo ich im Prinzip nur noch Mitleid hatte. Und Überdruss, ich hatte es einfach satt, auf einem Niveau kämpfen zu müssen, auf das ich mich kaum bücken kann.
Aber es ging ums Sorgerecht für meine Kinder und um deren finanziellen Belange, da konnte ich nicht nachgeben. Am Ende hätte ich noch das Sorgerecht verloren, weil ich nicht Unterhalt fordere.

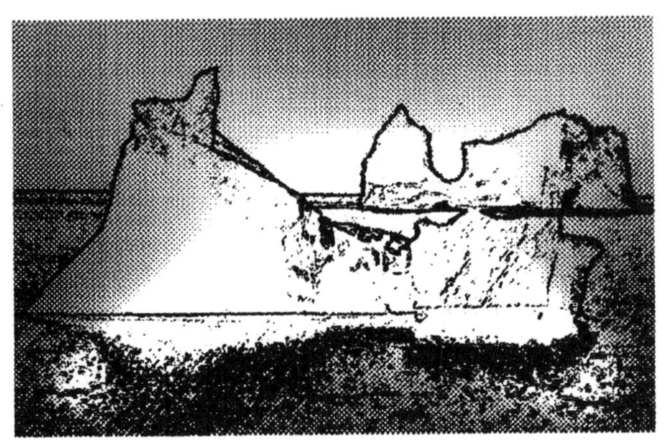

.... zwischen beidem zu unterscheiden

(Konfuzius)

Die Erlebnisse haben mich und die Kinder zu einem ziemlich engen Team zusammengeschweisst. Langweilig ist es mit mir nie, haben sie mal gesagt. Eigentlich ein schönes Kompliment.

Für die Grossen bin ich wohl mehr eine Freundin, Leute, die uns nicht kennen, vermuten das sowieso. Ich finde es schön, erwachsene Kinder zu haben. Bei uns zu Hause ist jederzeit die Tür offen für Besucher, zu manchen Zeiten wird es ein bisschen viel, aber meistens ist es erträglich.

Mittlerweile bekommen die Kinder und ich schon gesagt, dass wir keine Ossis mehr sind, wenn wir nach Greifswald kommen. Auch wir merken, dass wir nicht mehr da hingehören. In Belgien ist der Himmel blau, für die Deutschen im Westen des Landes hat er in einer Ecke drei Wolken, aber für die Leute im Osten ist er irgendwie generell verschleiert, und bewölkt ist es ausserdem.

Verschleiert und bewölkt?

Wenn ich zu meinen Verwandten oder Freunden komme, höre ich als erstes oft, wie schlecht es allen geht. In den Schulen ist Zukunftslosigkeit eines der Hauptthemen, das zweite ist Jugendkriminalität und Rechtsradikalismus. Unter den Erwachsenen ist es Arbeitslosigkeit.

Das sind aber doch auch die Hauptprobleme, oder?

Sicher, aber dieses Problem wird nicht davon kleiner, dass diese Leute es immer wieder von allen Seiten betrachten. Im Gegenteil, sie können es dadurch auch erst richtig zum Problem machen.

Wie meinst Du das?

Es ist einfacher, sich über Arbeitslosigkeit zu beklagen als offensiv etwas zu unternehmen. Warum muss ein Arbeitsplatz immer direkt vor der

Haustür sein? Warum können sie nicht wegziehen, wenn sie wirklich keine Arbeit finden? So wie es viele bereits getan haben. Oder andersherum, warum können sie nicht zufrieden sein, dass sie Arbeitslosengeld oder Arbeitslosenhilfe bekommen und damit an ihrem angestammten Wohnort bleiben können, wo sie nicht wegziehen wollen. Wie viele Leute würden gern im Süden leben, nur die wenigsten finden da Arbeit, also können sie solange nicht da leben, wo sie gern möchten.

Das sind recht radikale Ansichten.

Vielleicht, aber es ist vieles eine Sache des Blickwinkels. Es gibt in Belgien auch viele Gebiete, in denen eine gleich hohe Arbeitslosenquote herrscht wie in Ostdeutschland. Die Leute, die da leben, regen sich aber nicht jeden Tag darüber auf, und sie verbreiten vor allem nicht diese miese Stimmung. Wer arbeiten will, muss in einen anderen Landesteil ziehen, wo es genügend Arbeit gibt (er muss hier sogar meistens noch eine andere Sprache lernen, wegen der Dreisprachigkeit). Wer das nicht will, muss sich halt mit seiner Arbeislosigkeit abfinden und daraus das beste machen.

Ist diese Sicht nicht zu einseitig?

Es ist nur die Einsicht, dass bestimmte Dinge nicht zu ändern sind.

Was soll das bringen?

Die nachfolgende Generation hört nicht permanent, dass es sich ja garnicht lohnt, etwas zu lernen, da alles sowieso sinnlos ist. Diese Eistellung provoziert dann nämlich eine Reihe von Problemen, die so nicht sein müssten.

Die Kinder tragen moderne Sachen, die gibt es hier recht preiswert. Sie kommen garnicht auf die Idee, über Arbeitslosigkeit oder Zukunftsängste zu reden. Für sie ist selbstverständlich, dass sie irgendwo auf dieser Welt einen Job finden werden. Ihre Pläne sind wie die anderer junger Leute auch, Reisen, ein Auto, eine eigene Wohnung. Sie fallen mit ihrer positiven Lebenseinstellung aus dem Rahmen, bekommen schon mal zu hören, dass sie arrogant sind. Ich habe letztens irgendwo gehört, Mitleid bekommt man geschenkt, Neid muss man sich erarbeiten. Nur schade, wie wenig Arbeit man im Verwandtenkreis meines Mannes dafür aufwenden muss.
Zum Glück bleiben uns ein paar Freunde, die auch hinter die Fassade sehen wollen. Dabei bleiben ein paar ganz normale Teens, die einfach gelernt haben, aus dem, was ist, das Beste zu machen, nicht immer den Sternen hinterherzuhüpfen, aber auch nicht bei jeder Kleinigkeit zu resignieren. Und nach allem, was wir gemeinsam durchgestanden haben, ist es wohl normal, dass man manchen Leuten zu verstehen

gibt, dass wir deren Probleme gern gegen unsere tauschen würden.

Im Sommer nach unserem Umzug finde ich zufällig im Internet ein Ferienhaus in Ungarn. Wir beschliessen, wieder mal dort Urlaub zu machen. Es ist im Süden, kurz vor der rumänischen Grenze. Es gehört Ungarn, die seit Jahren in Deutschland leben. Wir kommen uns näher, besuchen uns dann auch in Deutschland. Sie wollen gern zurück nach Ungarn, wollen sich dort eine neue Existenz aufbauen. Es entsteht die Idee, dort etwas gemeinsam zu machen, mein Fachwissen im Bereich Unternehmensberatung und Subventionen ist sicher auch für Ungarn anwendbar. Aus dieser Idee entsteht ein gemeinsames Projekt, ich greife zu, miete ein Haus.

Einige Monate später begreife ich, dass sich der Kreis für mich wohl geschlossen hat. Es wird jetzt noch eine Weile dauern, bis ich dort leben werde. Vielleicht wird es auch nur zeitweilig sein, aber hier werde ich das realisieren, was ich als meinen

Traum schon lange vor mir gesehen habe. Ich lerne Menschen kennen, die sich schon seit Jahren für Benachteiligte einsetzen. Von einem unserer ungarischen Partner kommt der Vorschlag, dass es auch für die Betreuung junger Frauen in Not Gelder gibt. Das ist der Weg, auf dem ich weiter arbeiten werde, wenn ich die Kraft bekomme.

Resumee

Ich habe erfahren, dass man im Leben auch in scheinbar ausweglosen Situationen Kraft bekommt. Man muss allerdings lernen, sich führen zu lassen und kurze Momente des Glücks bewusst wahrnehmen zu wollen. Und man muss aufhören, allem hinterherzulaufen. Man läuft dann nur immer vor dem weg, was von allein kommen muss. Ich würde ja, wenn.... ist ein Satz, der ganz sicher jedes Glück aus dem Leben vertreibt.